・ミステリ

OYINKAN BRAITHWAITE

マイ・シスター、シリアルキラー

MY SISTER, THE SERIAL KILLER

オインカン・ブレイスウェイト
栗飯原文子訳

TOKYO
HAYAKAWA
BOOKS

A HAYAKAWA
POCKET MYSTERY BOOK

MY SISTER, THE SERIAL KILLER
by
OYINKAN BRAITHWAITE

Translated by
AYAKO AIHARA
First published 2021 in Japan by
HAYAKAWA PUBLISHING, INC.
This book is published in Japan by
arrangement with
AITKEN ALEXANDER ASSOCIATES LTD.
through JAPAN UNI AGENCY, INC., TOKYO.

装幀／水戸部 功

アキン、トクンボ、オバフンケ、シジ、オレ——心から愛する家族に

マイ・シスター、シリアルキラー

おもな登場人物

コレデ……………………………看護師
アヨオラ…………………………コレデの妹
ママ………………………………姉妹の母
タイウォ…………………………姉妹の父方のおば
フェミ・デュランド……………アヨオラの恋人
ペジュ……………………………フェミの姉
タデ・オトゥム、**アキベ**………………医師
インカ、**ブンミ**、**チチ**……………………………看護師
モハメド、**アシビ**、**ギンペ**…………………………清掃員
ムフタール・ヨウタイ…………昏睡状態の患者。大学教授
ボイェガ…………………………アヨオラの知人。ビジネスマン
ソント、**ピーター**……………………………アヨオラの元恋人

セリフ

ねえコレデ、殺しちゃった。と言ってアヨオラは
わたしを呼び出す。
そんなセリフ、二度と聞きたくなかったのに。

漂白剤

漂白剤で血の臭いが消えるなんて、きっと思いもよらないはず。だいたいの人は漂白剤を万能な製品だと思ってところかまわず使用する。わざわざうしろの成分表示を読んだりしないし、わざわざ戻っていって、拭き取った表面をじっくり確かめたりもしない。漂白剤は殺菌効果があるけれど、残留物の除去には不向き。そこでわたしは、まずバスルームの生と死の痕跡を残らずこすり落とし、そのあとで使うことにする。

ここがリフォームしたばかりの部屋であるのはすぐにわかる。いかにも真新しい感じがする。三時間ほどかけて掃除したのでなおさらぴかぴかに見える。いちばん厄介なのは、シャワーと目地のあいだに染み込ん

だ血を落とす作業。つい忘れてしまう部分でもある。

見たところなにひとつモノが外に置かれていない。シャワージェル、歯ブラシ、歯磨きペーストは洗面台の上の戸棚にきちんとしまってある。ただシャワーマットが敷いてあるだけ。長方形の黄色い地に黒のスマイリー・フェイス。あとは真っ白な空間だ。

アヨオラは膝を抱えて便座にちょこんと座っている。ワンピースについた血はすっかり乾いていて、つややかに磨きあがった白い床にぽたぽた垂れるおそれはない。ドレッドヘアは床に触れないよう頭の上でまとめてある。アヨオラは大きな茶色い瞳でこちらをじっと見あげる。わたしが怒っているのではないか、すぐにでも四つん這いの姿勢をやめて、説教をはじめるのではないかとびくびくしているようだ。

怒ってなんかいない。しいて言うなら、うんざりしている。額から汗が床に滴《したた》り落ち、青いスポンジで拭き取った。


電話がかかってきたのは、ちょうど食事をしようとしていたときだ。すべてをトレイに並べ終えたところだった。皿の左にはフォーク、右にはナイフ。ナプキンは王冠の形に折って、皿の真ん中に置いた。映画は冒頭のタイトル・クレジットのところで一時停止してある。オーブンのタイマーが鳴ったと思ったら、テーブルの上の携帯電話がぶるぶる震え出した。

家に戻るころには、食べ物は冷えきっているだろう。

腰をあげて洗面台でゴム手袋を洗う。手袋はしたままだ。アヨオラは鏡に映るわたしの姿を見つめている。

「死体を片付けなきゃ」とわたしは告げる。

「怒ってる?」

正常な人であれば怒り狂っているだろうけど、いまはとにかく、すぐに死体を処分しなければ、ということしか思い浮かばない。ここに着いて、まず二人でわたしの車のトランクに男を運び込んだ。おかげで死体の冷たい視線に晒《さら》されずに、遠慮なくごしごし洗ってモップをかけられた。

「バッグを取ってきなさいよ」わたしは切り返す。

車に戻ると男はあいかわらずトランクにいてわたしたちを待っていた。

夜のこの時間帯、第三本土連絡橋の車の往来はほぼ途絶える。街灯がないので真っ暗闇なのだが、橋の向こうに目をやると街の灯《あか》りが見える。わたしたちは死体をこの前と同じ場所に運んでいき、橋の上から水中へと投げ込んだ。彼がひとりぼっちにならないことだけはたしかだ。

トランクの内張りに血が滲《にじ》んでいる。アヨオラはうしろめたさからか、掃除するよと言い出した。アンモニアひと匙《さじ》と水二カップを混ぜた自家製の薬剤をアヨオラから取りあげて、染みになった部分に振りかける。ラゴスの警察に徹底した現場検証をおこなう技術があるのかどうか知らないけれど、ともあれ、この子がわたしほど手際よく掃除できた試しはない。

手帳

「あの人、だれ？」

「フェミ」

名前を走り書きする。ここはわたしの寝室。アヨオラは脚を組んでソファに座り、クッションの裏に頭をもたせかけている。アヨオラが風呂に入っているうちに、着ていたワンピースに火をつけた。それでいまはバラ色のTシャツに着替え、ベビーパウダーの香りを放っている。

「で、姓は？」

アヨオラは難しい顔をして、唇《くちびる》をぎゅっと結び、頭を振る。左右に揺すって名前を脳の最前部に呼び戻そうとするみたいに。でもどうやら戻ってこない。アヨオラは肩をすくめる。わたしとしたことが、財布を取ってくればよかった。

手帳を閉じる。こぢんまりした、手のひらより小さい手帳。いつだったか、TEDxトークでだれかが言っていた。手帳をもち歩いて、毎日ひとつ幸せな瞬間をメモしていたら、人生が変わったとか。それでわたしも手帳を買ってみた。最初のページには、寝室の窓から白いフクロウが見えた、と記した。以来、ほぼ空白が続いている。

「わたしのせいじゃないからね」わからない。アヨオラはいったいなんのことを言っているのだろう。男の姓が思い出せないことなのか。はたまた、男が死んでしまったことなのか。

「なにがあったか話して」

詩

フェミは詩を書いてくれた。

(詩はちゃんと覚えているのに、姓が思い出せないとは。)

できるものなら、彼女の美しさの
粗さがしをしてみるがいい
彼女の横に堂々と並べる女性を
連れてきてみるがいい

そう、フェミは紙に詩を書いて、二つ折りにしてわたしてくれた。中学時代、みんなが教室のうしろの席でラブレターを交換していたことを思い出すよね。そんなこんなで心を打たれて（とはいえ、アヨオラが褒《ほ》め言葉に弱いのはいつものことだ）付き合うことにした。

ちょうど付き合って一カ月目の記念日に、アパートのバスルームで刺してしまった。もちろん、そんなつもりはなかったよ。あっちが激昂《げきこう》して、わたしを怒鳴りつけ、玉ねぎ臭い息を顔に吹きかけてきたの。

（とはいえ、どうしてナイフをもっていたのだろう。）ナイフは護身用。男なんてなに考えているかわからない。欲しいときに、欲しいものを手に入れたがるんだから。ほんとに殺すつもりなんてなかったんだ。ちょっと脅かしてやろうと思ったのだけど、向こうはナイフを見てもちっとも怖がっていない。なにしろ身長は一八〇センチ以上もあるのだし、彼からしたらわたしなんて小さくて、まつ毛が長くて、バラ色のぷっくり唇をして、まるで人形みたいなものよね。

（ちなみに、こう言っているのはアヨオラで、わたしではない。）

最初の一撃で死んでしまったみたい。心臓をぐさっとひと突き。でも念には念を入れて、あと二回刺した。そしたらへなへなと床に沈み込んだ。あのとき、自分の呼吸以外なにも聞こえなかったな。

死体

こんな話、聞いたことあるだろうか。二人の若い女性が部屋に入っていく。三階のアパートの一室。そこには成人男性の死体がある。だれにも見られずにどうやって一階まで死体を運ぶのか。

ひとつ、必要なものを揃える。

「シーツは何枚いる？」

「何枚あるの？」アヨオラはバスルームから慌てて走り出ると、洗濯棚に五枚あるという情報をもって戻ってきた。わたしは唇をかむ。多ければ多いにこしたことはないけど、シーツがベッドに敷いてある一枚しかなければ、家族が異変に気づくかもしれない。世間一般の男性ならそれほどおかしなことではないだろうが、この人はとにかく几帳面《きちょうめん》なのだ。本棚は著者名のアルファベット順に並べられている。バスルームには掃除用具一式が備わっている。なんと、わたしと同じメーカーの消毒液も買ってある。おまけにキッチンはぴかぴか。この部屋ではアヨオラが場違いに見える――混じりけのない清らかな現実のなかで、ただ一点の暗い影のようだ。

「三枚もってきて」

二つ、血を掃除する。

タオルで血を吸い取って洗面台で絞る。床が乾くまで同じ作業を繰り返す。アヨオラは左右交互に片足立ちをしてぶらぶらしている。そんないらいらにわたしは目もくれなかった。命を始末するより死体を始末するほうが、うんと手間がかかる。犯罪の痕跡《こんせき》を残したくないのならなおのこと。ところがわたしは、壁にもたれてぐったりした死体にそわそわと視線を走らせてばかりいる。とりあえずこれをどこかにやらないと、じゅうぶんに仕事に打ち込めない。

三つ、死体をミイラにする。

すっかり乾いた床に二人でシーツを広げて、アヨオラがその上に男をごろんと転がした。わたしは死体に触れたくなかった。白いTシャツの下に引き締まった体が見て取れる。浅い傷を負っても生き延びられるような人だろうに。そういえば、アキレウスやカエサルも同じ運命だったのか。この広い肩や割れた腹筋が死によって少しずつ削《そ》ぎ落とされていき、やがてちっぽけな骨になってしまうなんて。考えるだけでも残念だ。わたしはここへやって来て真っ先に三度脈をとり、さらにまた三度確認した。眠っているみたいにとても穏やかな表情をしていた。頭を低く垂れ、丸まった背中を壁につけ、脚は斜めに向いている。

アヨオラはハアハア喘《あえ》ぎながら死体をシーツの上に押しあげる。額の汗を拭《ぬぐ》ったら、わずかに血が付着した。シーツの片側を死体にかぶせて視界から隠す。そこまで見届けると、わたしはアヨオラに手を貸して一緒に死体を転がし、しっかりとシーツで巻いていった。二人してたたずみ男を見つめる。

「それで、どうしたらいい？」

四つ、死体を運ぶ。

階段を使えたらよかったのだけど、雑に布でくるんだ死体にしか見えないものを運んでいる途中で、ばったりだれかに出くわす場面が脳裏に浮かんだ。納得のいく説明をひねり出してみる。

「弟にいたずらしてるんです。あんまりぐっすり眠るものだから、寝ているあいだにべつの場所に移してみようかと」

「いえとんでもない、人間のはずないじゃないですか。なにか誤解されているのでは？　これ、マネキンですよ」

「いいえ、ジャガイモの入った袋です」

架空の目撃者が恐怖で目を見開いて、身を守ろうと逃げていく姿を想像した。だめだめ、階段なんて論外だ。

「エレベーターを使うよ」

アヨオラはなにか言いかけて口を開いたが、首を振ってまた閉じた。自分の役割が終わったので、あとはぜんぶわたし任せだ。わたしたちは男をもちあげた。腰ではなく膝を使えばよかった。どこかがバキッと鳴った感じがして、こちら側をどすんと落としてしまった。妹はあきれたような顔をする。気を取り直して足をもち、戸口まで運んでいった。

アヨオラはエレベーターにすっ飛んでいって、ボタンを押すと大急ぎで戻り、もう一度フェミの肩をつかんでもちあげた。わたしは部屋の外をちらっとのぞいて、廊下にだれもいないことを確認した。戸口からエレベーターに移動するあいだ、どうかどのドアも開かないように、と祈り、懇願したい気持ちになった。とはいえ、主がこんな祈りなどに応えてくださるわけがない。なのでかわりに運とスピードを頼りにすることにした。わたしたちは音を立てずに石の床をすり足で歩いた。エレベーターがちょうどチンと鳴ってドアが開く。片側に寄り、エレベーターが空っぽなのを確認すると、男を投げ入れて、すぐに目につかないよう隅へと押し込んだ。

「ちょっと待って！」という声がする。アヨオラが〝開〟のボタンを押そうとしているのが横目で見えた。わたしはその手を払いのけて、一階のボタンを何度も激しく押した。エレベーターのドアがスーッと閉まるとき、一瞬、若い母親のがっかりした顔が目に入った。片方の腕で赤ん坊を抱いて、もう片方でいくつかバッグをもっている。少しうしろめたくも思ったが、刑務所行きのリスクを冒すほどのことではない。だいいち、こんな時間に子連れでほっつき歩くほうがどうかしている。

「なにやってんのよ」とわたしはかみつくように言っ

た。なんにも考えずにやったこと、たぶんナイフを突き立てたときと同じ、衝動的な行為なのだろう。

アヲオラは「ごめん」とだけ言った。わたしはいまにも口からあふれ出そうな言葉をぐっと飲み込んだ。そんなことをしている場合ではない。

一階に着き、アヲオラに言って聞かせた。死体から目を離さず、エレベーターのドアを開けておいて。もしだれかが来たら、ドアを閉めて最上階に行くこと。べつの階でエレベーターが呼ばれたら、ドアを開けたままにすること。いいわね。わたしは急いで車を取りにいって、建物の裏口にまわった。エレベーターから死体を運び出した。車のトランクをバタンと閉めると、ようやく心臓の動悸がおさまった。

五つ、漂白する。

こすり洗い

病院の経営陣はナース服を白から淡いピンクに変えることにした。白い色が凝固したクリームの色のように見えてきたんだとか。でもわたしは白衣にこだわっている。まだまだおろしたてのように真っ白だから。

タデはそれに気づいている。

「なにかコツがあるの？」タデは袖のへりに触れながらたずねる。肌に触れられたような感じがして、体じゅうに熱が広がっていく。次の患者のカルテをわたして、会話を続ける方法をあれこれ考えてみるが、洗濯や掃除の話が色っぽいはずもない――ビキニでスポーツカーを洗っているというのならわかるけれど。

「自分で検索してみて」

タデは笑ってカルテに目をやり、うーんと声を漏らす。

「またロティヌ夫人？」

「きっと先生の顔を見たいのよ」タデはわたしを見あげてにやりとする。視線を向けられて口のなかが乾いてしまった。それを悟られないようにわたしは微笑《ほほえ》みを返す。部屋を出ていくとき、アヨオラがよくするように腰を揺らしてみた。

「だいじょうぶ？」ドアノブに手を伸ばしたところで、うしろから声をかけられる。慌ててタデに向き直る。

「えっ？」

「なんだか歩き方がヘンだよ」

「そ、そうね、ちょっと筋肉を痛めちゃって」ああなんという醜態《しゅうたい》、わかっていたものの——。ドアを開け、そそくさと部屋を立ち去った。

ロティヌ夫人は待合室にずらりと並ぶ革張りソファのひとつに座っている。夫人はソファを独り占めして、空いたスペースにハンドバッグを、体のそばに化粧ポーチを置いた。わたしが近づいていくと、患者たちはやっと自分の番が来たと思って顔をあげる。ロティヌ夫人は化粧直しをしていたのだが、わたしの姿を見て手を止めた。

「先生はすぐに診《み》てくださるのかしら」わたしはうなずき、夫人はパウダーケースをパチンと閉じた。こちらへどうぞと身振りで示したが、肩に手をかけて遮られる。「順路はわかっています」

ロティヌ夫人は糖尿病を患っている。二型糖尿病。要するに、正しい食事をとり、体重を落として、定時にインスリンを打っていれば、これほど頻繁に医者にかかる意味はない。そのくせまたもやって来て、スキップのような足取りでタデの診察室に向かっている。でも気持ちはわかる。タデは相手の目をじっと見るので、見つめられていると自分だけが特別だと思わされてしまう。これもある種の能力だ。視線を逸らさず、一点の曇りもない瞳で、笑顔を振りまく。

わたしは向きを変えて受付に行き、クリップボードをバンと置いた。荒っぽくたたきつけてインカを起こす。インカは目を開けたまま寝るすべを身に着けているのだ。電話で診察の予約をとっていたブンミは顔をしかめる。

「なんなのよ、コレデ。火事でも起きない限り起こさないでよ」

「ここは病院。民宿じゃないんだから」

立ち去ろうとするとき、インカが「ババア」と小声で言ったけれど放っておいた。ふとべつのことが気になった。歯のあいだからスーッと息を吐いてモハメドを探しにいく。一時間前に三階にやったのだが、案の定、まだ同じ場所にいてモップにもたれかかり、アシビといちゃついている。彼女も清掃員。パーマのかかった長い髪と息を飲むほど濃いまつ毛をしている。廊下を歩いてくるわたしに気づいてさっさと逃げていった。モハメドはこちらを向く。

「あの、いまちょっと——」

「なんだっていい。お願いしたとおり、お湯と蒸留酢を三対一で混ぜて、待合室の窓を拭いてくれた?」

「ええ、やりました」

「ならいいわ。お酢を見せて」モハメドはそわそわ足を動かして、いまついたばかりの嘘をどうやって切り抜けようかと考えている。窓掃除ができていなくても意外ではない。三メートル以上離れていても臭いが鼻をつく。むっとするいやな悪臭。あいにく、体臭は解雇の理由にならない。

「どこで買えるのか、わからなかったんすよ」

近くの店への道順を教えてあげたら、モハメドは廊下の真ん中にバケツを置いたまま、前かがみで階段へと向かっていく。あと片付けをしていって、と呼び戻した。

一階に引き返すと、インカがうつろな目でまたうとうとしている。フェミの姿を彷彿《ほうふつ》とさせる。頭からイメージを払いのけてブンミのほうを見た。

「ロティヌ夫人は終わった？」

「まだ」とブンミ。わたしはため息をつく。待合室ではほかにも患者が待っている。どの先生もおしゃべりな人にかかりきりのようだ。もしわたしが自分の裁量でやれるのなら、診察時間に制限を設けるだろうけど。

患者

三一三号室の患者はムフタール・ヨウタイ氏という。ベッドに横たわり、端から足がだらりとぶらさがっている。ザトウムシのような細長い手足をしていて、上半身もかなり長い。ここに来たときすでに細身だったが、さらに痩《や》せ細っている。すぐにでも目を覚まさなければ、どんどん衰弱してしまうだろう。

病室の隅にあるテーブル脇の椅子を取り、ベッドから少し離れた場所に置く。腰をおろして両手で頭を抱える。頭痛がはじまった。アヨオラの件を打ち明けようと訪ねてきたのだが、タデのことがどうしても頭から離れない。

「ああ……いっそのこと……」

心臓モニターの数秒おきに鳴るピッピピッピッという音が心地良い。ムフタールは微動だにしない。弟の運転する車で事故に遭い、昏睡状態が五ヵ月間続いている。弟のほうはかろうじてむち打ち症で済んだ。

ムフタールの妻には一度会ったことがある。一瞬にしてアヨオラを思い起こさせた。印象的な容姿をしているという意味ではなく、自分のこと以外はまったく眼中にないようだったのだ。

「こんなふうに昏睡状態のままにしておいたら、高くつくんじゃなくて？」と訊《き》かれた。

「プラグを抜いてほしいということですか？」

わたしの言葉にむっとしたみたいで顎をつんとあげた。「自分がどんな状況にあるのか知っておくのは当たり前でしょ」

「治療費はご主人の不動産収入から支払われるとうかがっていますが……」

「ええ、まあそうね……でも……えっと……ただ……」

「早く目を覚まされるといいですね」

「そうね、そうなるといいわね」

ところが、あのときの会話からかなりの時間がたった。実の子どもたちですら、生命維持装置を切るのがだれにとってもベストな選択だと考える日が刻々と近づいている。

これまでムフタールは、親身になって話を聞いてくれ、思いやりのある友として振る舞ってくれている。

「ねえムフタール、タデがわたしを見てくれるといいな。振り向いてくれたらいいのになって思うよ」

炎暑

うだるような暑さのなか、わたしたちはなるべく動かないようにしてエネルギーを温存する。アヨオラはピンクのレースのブラと黒いレースのTバック姿で、わたしのベッドにぐったり寝そべっている。この子には実用的な下着を身に着けようという気がまったくない。ベッドの端から片脚をぶらぶらさせて、もう一方の端からは腕をだらりと垂らしている。まさにセクシーさが売りのビデオ・ヴィクセン（ヒップホップのミュージックビデオに登場するモデル）、淫《みだ》らな娼婦、男を惑わせる夢魔《サキュバス》のような体つき。天使のような顔立ちには不釣り合いだ。何度かため息を漏らして、ちゃんと生きていることを訴えかけてくる。

わたしはエアコン修理に電話をした。あと十分で着きますから、と言っていたのに、あれからもう二時間もたつ。

「こんなところにいたら死んじゃう」アヨオラは不満たらたらだ。

お手伝いの少女が扇風機を手にのろのろやって来て、アヨオラの正面に置いた。わたしの顔から汗が伝い落ちているのが目に入らないようだ。羽根がやかましい音を立てて回転し、風が吹きつけて、部屋がわずかにひんやりする。わたしはソファから脚を下ろし、ゆっくりとバスルームへ向かう。洗面台に冷たい水を満たして顔を洗い、水面が波打つのをじっと見つめる。死体がぷかぷか漂っていくところを想像してみた。フェミは自分の運命を、第三本土連絡橋の下で朽《く》ちていくことをどう思っているだろうか。

ともあれ、橋は死に縁がないわけではない。

ついこのあいだ、乗客でぎゅうぎゅうの高速輸送バスが橋から水中に落ちていった。生存者はゼロ。のちにバスの運転手たちは、乗り込んでこようとする人に「オサに真っ逆さま！　オサに真っ逆さま！」と叫ぶようになった。ラグーンに真っ逆さま！　真っ逆さまにラグーン！

アヨオラがのたのたと入ってきてショーツを下ろす。「おしっこ」便座にどすんと座り、満足気にふうとひと息つくと、セラミックの便器にじょぼじょぼと用を足した。

わたしは洗面台の栓を抜いて、バスルームをあとにする。あまりに暑くて、勝手にトイレを使わないでよ、自分のがあるでしょ、と文句を言う気にもならない。口を開けないほど暑い。

アヨオラがいないのを幸いに、わたしはベッドに横たわって目を閉じる。すると例の男、フェミがまぶたに浮かんだ。あの顔は脳裏に焼きついてずっと消えないだろう。どんな人だったのかとつい気になってしまう。ほかの男たちは命を落とす前に会っていたけど、フェミのことはまったく知らなかった。

アヨオラにだれかいるのはわかっていた。はにかんだような笑みを浮かべたり、深夜に電話していたり、明らかな兆候があった。もっと気をつけておくべきだったと思う。事前にフェミに会えていたなら、アヨオラが言うとおりの荒々しい気性だったかどうか、確かめられていたのに。そしたらあの子を遠ざけられていただろうし、こんなことにはならなかったのに。

ちょうどそばでアヨオラの電話が振動したとき、トイレの水が流れる音が聞こえて、ある考えが閃《ひらめ》く。携帯にはありがちなパスワードがかかっているだけ。おびただしい数の自撮り写真をどんどん繰っていくと、フェミの写真に行き当たった。口を真一文字に結んでいるが、にこやかな目をしている。となりにいるアヨオラはあいかわらず魅力的だけれど、フェミのエネルギーが画面いっぱいに広がる。わたしは微笑み返す。

「どうした？」
「メッセージが来てるみたいよ」と言って、さっとスワイプしてホーム画面に戻した。

インスタグラム

「#フェミ・デュランドを捜しています」というハッシュタグが拡散されている。なかでも、ある投稿がひときわ注目を集めている。アヲオラの投稿だ。ツーショット写真に、生きている姿を最後に見たのはわたしです、どんな情報でもかまいませんので、なにかご存じの方はどうかどうか、お知らせください、というメッセージが付されている。

アヲオラはいまみたいに、わたしのベッドルームにいるときにこれを投稿していた。でもなにをたくらんでいるのかはひとことも言わなかった。だって、なんだかんだ言っても、恋人だったんだよ、わたしがこのままだんまりを決め込んでいたら、血も涙もないみたいじゃない。とそのとき、携帯が鳴って、アヨオラは電話に出た。

「もしもし？」

ややあって、アヨオラはわたしを足でつついた。

「なによ……？」

フェミのお母さん、と口を動かす。ああ、めまいがする。どうやって番号がわかったのだろう。アヨオラは携帯の音声をスピーカーに切り替える。

「……ねえ、あの子、どこかに行くって言ってなかったかしら？」

わたしは激しく頭を振る。

「いいえ、なにも聞いていません。かなり遅い時間に別れたのですが」とアヨオラは答える。

「次の日、仕事に行ってないのよ」

「うーん、そうですね……ときどき夜にジョギングをしていましたね」

「そうなのよ、だから言ったのに、危ないってあれほど口酸っぱく言っていたのに」女性は電話口で泣きはじめた。あまりに激しい感情を目の当《ま》たりにして、わたしは思わずもらい泣きしてしまう——声を漏らさないように気をつけたが、泣く資格なんてないのに、鼻と頬と唇が涙でかっかとほてった。アヨオラも一緒になって泣き出す。わたしが泣くと必ずこんなふうに伝染する。昔からそうだ。とはいえ、わたしはめったに泣かないので差し支《つか》えはない。アヨオラは大声で、取り乱したように泣いている。そのうちむせび泣きがしゃっくりに変わり、ようやく静まった。「あの子のために祈っていてね」女性はかすれ声でつぶやき、電話を切った。

わたしは妹にかみつく。「いったいぜんたいなんなのよ？」

「はあ？」

「あんた、自分がとんでもないことをしでかしたってわかってんの？　おもしろがってるわけ？」わたしはティッシュをつかんでアヨオラにわたし、自分にも何枚か取る。

アヨオラは目を曇らせ、ドレッドヘアをいじくりはじめる。

「このところ、わたしのこと、まるで化け物を見るような目で見てるよね」かろうじて聞き取れる力ない声。

「べつにそんなふうに思ってないけど――」

「被害者非難になるんじゃないかな……」

被害者ですって？　これまで男性たちといざこざがあっても、アヨオラにあざや傷ができていた試しはない。これってただの偶然？　わたしになにを望んでいるの？　なにを言えっていうの？　数秒だけ数えることにしよう。返事に時間がかかりすぎるとそれ自体が返事になってしまうから。そこへドアがギーッと開いて助けられた。ママが巻きかけのヘッドスカーフ《ゲレ》を片手で押さえながら、ふらりと部屋に入ってきたのだ。

「ここもってて」

わたしは立ちあがり、ゲレの垂れている部分を手に取る。ママは頭を傾けてスタンドミラーをのぞき込む。小さな目が幅の広い鼻と厚い唇を従えている。ほっそりした卵形の輪郭には大きすぎる口。赤のリップをつけているので口の大きさがいっそう際立つ。母とわたしは瓜二つ。左目の下のほくろすら一緒だ。皮肉はじゅうぶん理解している。アヨオラの美貌は母を驚かせた事件だった。うれしさのあまり、ずっと男の子を授かろうとしていたことを忘れたほどだ。

「ショペのお嬢さんの結婚式に行くの。あなたたちも来なさい。出会いがあるかもしれないから」

「ううん、遠慮しとく」わたしはこわばった口調で返事をする。

アヨオラは微笑んで首を横に振った。母は鏡に向かって眉をひそめる。

「コレデ、お前が行くと決めたら、アヨオラもうなずくでしょ。この子に結婚してもらいたくないの？」アヨオラが自分では決断できず、だれかのルールで生きているというのか。わたしは母の理不尽な言い草を無視することにする。母はあからさまにわたしなどそっちのけでアヨオラの結婚運を気にかけている。そこも見て見ぬふりをしておこう。どうやら恋愛は美人にしか許されていないらしい。

たしかに母は愛を得られなかった。政治家を父にもつことで、結婚を目的のための手段とみなす男をどうにかこうにか射止められた。

ゲレがしあがる。小さな頭上を飾る力作だ。母は頭を左右に動かして、華やかなゲレや高価な宝石、入念なメイクにもかかわらず、見た目が気に入らないのか不満そうな顔をする。

アヨオラは腰をあげてママの頬にキスをする。「わあ、ステキじゃない」言葉は口にしたとたん現実になる。母は得意満面に顎をあげて肩をぴんと張る。いずれにしろ、威厳ある寡婦として通るだろう。「写真を撮ってもいいかな」とアヨオラはたずねて携帯を取り出す。

ママはアヨオラの指示どおり無限に思えるほどのポーズをとり、その後二人で画面をスクロールして納得のいく写真を選ぶ。腰に手を置き、笑って頭をのけぞらせている横顔。いい写真だ。アヨオラは唇をかみ、せわしなく携帯を触っている。

「なにしてんの？」

「インスタグラムに投稿してる」

「アタマおかしいんじゃない？　それとも、さっきの投稿を忘れたっていうの？」

「さっきの投稿ってなにかしら」ママが割って入る。

全身に戦慄《せんりつ》が走る。最近、こういうことがよくある。

アヨオラが答える。

「あのね……フェミが行方不明なの」

「フェミ？　お付き合いしていたあのハンサムな人？」

「そうなの」

「ジェース、サーヌフンワ（神のご慈悲を）！　どうして言ってくれなかったの？」

「ああ……えっと……すごいショックで」

ママはアヨオラに駆け寄ってぎゅっと抱き締める。

「わたしは母親よ、なんでも話してくれなきゃ。いいわね？」

「うん、わかった」

どのみち無理だ。なんでも話せるわけがない。

渋滞

わたしは車中でスイッチをいじり、チャンネルを切り替える。ほかにやることがないのだ。この街は交通量に悩まされている。まだ朝の五時一五分だというのに、道路に車がぎっしり並んで身動きがとれない。ブレーキを踏んだり離したりを繰り返して、足が疲れてしまった。

ラジオから顔をあげると、うっかりラゴス《ラ》州交通管《ス》理《マ》局の警官と目を合わせてしまう。渋滞する車列に隠れて次の不運な獲物を待ち構えているところだ。男は頬を吸い寄せ、しかめ面でこちらに歩いてくる。

心臓が床に落っこちてしまうけれど拾いあげる時間はない。ハンドルをぎゅっと握り締め、手の震えを抑えようとする。フェミの件とはなんの関係もないことはわかっている。関係があるはずもない。ラゴスの警察がそこまで有能なわけがないのだ。街の安全を守る任務を負っているというのに、乏しい給料の足しにしようと、大半の時間を一般市民から金を巻きあげることに費やしている。ぜったいにわたしたちのことを嗅ぎつけているはずがない。

そのうえこの男はラスマだ。ラスマにとってなによりも重要な仕事、存在意義とは信号無視する運転手を追いかけること。気を失いそうになり、とにかくそう自分に言い聞かせる。

警官が窓をコンコンとたたく。わたしは刺激しないようにほんの少し窓を下ろす。ただし、手を入れられてドアのロックを解除されない程度にしておく。

男は車の屋根に手を置いて前かがみになる。まるで仲良しの二人がざっくばらんな会話でもはじめようとするみたい。糊《のり》付けに心血が注がれた黄色のシャツと茶のズボンは、どれほど強風が吹きつけてもびくともしないほどパリパリだ。きちんとした制服は職業に誇りをもっている証《あかし》。少なくとも、本来ならそういうことだろう。男の黒い目は広大な砂漠にあいた二つの井戸のよう。肌の色はアヨオラと同じくらい薄い。メントールがふわりと香る。

「どうして止められたかわかりますか」

渋滞のせいで止まっているだけよ、とつい切り返しそうになったけれど、なにを言っても無駄なのは火を見るより明らかだ。もうどうやっても逃げられない。

「いいえ、わかりません」となるべく愛想よく答える。例の件が勘づかれているとしても、まちがいなくラスマは送られてこないだろう。それにこんなところで事情聴取がはじまるわけがない。まちがいなく……。

「シートベルトですよ。シートベルト、つけてませんね」

「ああ……」わたしはほっと息をつく。前方の車がじりじりと進んでいるが、ここにとどまらざるをえない。

「免許証と登録証を出してください」この男に免許証を見せるなんてぜったいにいやだ。車内に入れるのと同じくらい無謀だろう――そんなことをしたら向こうの言いなりになってしまう。わたしがすぐに答えなかったので、男はドアを開けようとしてロックされていることに気づき、舌打ちをする。背筋を伸ばして、いわくありげな態度を一変させ、「免許証と登録証って言いましたがね！」と大声で喚《わめ》いた。

　いつもだったら抵抗していただろう。でもまさかこの状況で、フェミを永眠の地へと運んだ車を運転しているときに、注意を引くわけにはいかない。ふとトランクに付着したアンモニアの染みが思い浮かぶ。

「ご主人《オガ》」精一杯うやうやしく応じることにする。「おこんないでくださいよ。うっかりミスです。もうしませんから」

　ふだんこういう話し方はしないけれど、向こうの言葉遣いに合わせることにした。高学歴の女性はこの手の男の怒りを買いがちだ。そこでわたしは崩れた英語を話すように心がけたのだが、かえって育ちを露呈してしまわないか不安になる。

「なんだお前、さっさとドアを開けろ！」

　周囲では車がどんどん進んでいく。わたしに同情の目を向ける人はいるが、だれも止まって手を差し伸べてはくれない。

「オガ、落ち着いて話しましょうよ、きっとわかり合えますから」自尊心が失われていく。でもどうしろと？　つね日ごろなら、盗人猛々《ぬすっとたけだけ》しいとでも罵《ののし》っていただろうけど、アヨオラのせいで慎重にならざるをえない。男は腕組みをして、納得のいかないようすではあるが、話を聞く気はあるみたいだ。「ほんとのほんとに、あんまりお金はないんです。でもしいいって言うなら……」

「俺が金を要求したってか？」男はそう言って、ドアハンドルをガチャガチャやる。わたしがうっかりロックを解除するとでも思っているのだろうか。それからまっすぐ立って両手を腰に置いた。「ほら《オヤ》、車を降りて!」

わたしは口をパクパクさせて男を見据える。

「ロックを外せ。でなきゃ、署まで来てもらって話をつけることになるぞ」耳のなかで脈が激しく打っている。車内の捜索だけはなんとしても避けたい。

「オガ、お願い《アベッグ》です、うちらだけでけりつけましょうよ」懇願する声が甲高く響く。男はうなずき、あたりに視線を投げて、また前かがみになる。

「で、なんだって?」

これですぐに承諾してくれたらと願いつつ、財布から三千ナイラを取り出す。男は目をぱっと輝かせるが苦い顔をする。

「ふざけてんのか」

「オガ、いくらで納得してもらえるんでしょう」

男は唇をなめて唾をべっとりつけ、ぎらぎらさせた。

「俺がガキ《ピキン》に見えるのか?」

「いえ」

「なら、立派な男に見合うくらいの額だ」

わたしはため息をつく。自尊心が跡形もなく消え去って、あと二千ナイラを足した。警官は金を受け取って重々しくうなずく。

「ちゃんとシートベルトつけて。おんなじことさせるなよ」

男はふらふらと去っていき、わたしはシートベルトを締める。ようやく震えがおさまった。

受付

男性が病院に入ってきて、受付にまっすぐ突進してくる。背は低いが、ウエストはそれを補って余りある。ものすごい勢いで近づいてくるので、わたしは身構えた。

「予約している者だが!」

インカは歯を食いしばり、最高の笑顔を見せる。

「おはようございます。お名前をうかがってもよろしいですか」

来訪者が名前を告げると、インカはカルテをゆっくりめくってチェックする。インカを急《せ》かすことはできない。怒らせてしまったら、わざとのろのろする。まもなく男性は指先でカウンターをトントンたたき、足をコツコツ鳴らしはじめる。インカは目をあげて、まつ毛のあいだから相手をのぞくと、また目線をさげて予約の確認に戻る。男性はむっとして頬を膨らませ、いまにも爆発しそうだ。割って入って状況を打開しようかと思ったけれど、患者に怒鳴られたらインカも少しはましになるかもしれないと考えて、ゆったりと椅子にもたれて見守ることにした。

と、そこで携帯が光り、わたしはちらと目をやる。アヨオラからだ。これで電話がかかってきたのは三度目だが、話す気にはなれない。アヨオラが連絡を取りたがっているのは、早くもべつの男を墓場に送り込んでしまったか、あるいは、ただ帰りに卵を買えるかどうか知りたいだけなのか。いずれにしても電話には出ないつもりだ。

「ああ、見つかりました」とインカは声を張りあげる。とはいえ、わたしはインカが同じカルテを二度見て、なおもずっと探していたのを知っている。患者は鼻からふんっと息を吐き出した。

「予約に三十分遅れていますよ」

「なんだって《エーヘーン》？」

こんどはインカが息を吐く番だ。

今朝はいつもより静かだ。わたしたちが座っている場所からは待合室にいる全員の顔が見える。待合室は弧のようなかたちをしていて、受付とソファが入り口と大画面テレビのほうを向いている。照明を暗くするとホームシアターにもなる。ソファは深いバーガンディ色だが、そのほかはどこもかしこも白一色。（担当者は視野を広げる装飾を心がけていたわけではない。）病院が旗を掲げるなら白になるだろう。普遍的な降伏の印。

子どもがキッズルームから母親のもとに駆け出し、また戻っていった。インカをいらつかせている男性以外に診察を待っている人はいない。インカはモンロヴィア風（ストレートヘア）ウィッグの前髪のカールを目から払い、男性をにらみつけている。

「今朝、食事はされましたか」

「いいえ」

「わかりました、けっこうです。カルテを拝見したところ、しばらく血糖値の検査をしていませんね。検査、受けられます？」

「そうだね。加えてもらいましょうか。おいくらになるかな」インカが検査代を言うと、男性はあきれてシューッと息を漏らす。

「バカバカしいったらありゃしない。すまん《アベッグ》が、なんのために必要なのかね。あんたたち、かわりに支払ってやってるとでも言いたげに、とりあえず金額を口にするだけじゃないか」

インカはこちらに目をやる。わたしがまだ近くにいてようすをうかがっているのか、確かめているのだ。規則に従わなければ説教されることを思い出しているのだろう。わたしはいつでも聖ペテロ病院の規範と慣習を復唱する準備ができているから。インカは歯を食いしばってにっこりする。

「では、血糖値の検査はなし、ということですね。どうぞおかけください。診察の準備が整いましたらお呼びします」

「先生は空いていないと?」

「ええ、あいにくですが」――インカはそう言って時計を確認し――「四十分過ぎていますので、予約の空き時間をお待ちいただかなければなりませんね」と答える。

男性は素っ気なく首を振り、ソファに腰かけてテレビを見はじめる。ややあって、チャンネルを変えてくれないかと言ってきた。インカは小声で次から次へと悪態をつく。日当たりのいいキッズルームでときどき歓声が響きわたり、テレビからはサッカーの解説が流れる。そんなときだけ毒舌が掻き消されるのだった。

ダンス

アヨオラの部屋から大音量の音楽が聞こえてくる。ホイットニー・ヒューストンの「すてきな Somebody」。エム&エムズのチョコレートみたいな音楽よりも、もっとおごそかな、切なる思いを表す曲、たとえばブライモやロードを聞くほうがふさわしいのでは。

すぐにシャワーを浴びて、肌から病院の消毒液の臭いを洗い流したい。でもひとまずドアを開ける。アヨオラはわたしの気配に気づいていない――こちらに背を向けて腰を左右に揺らし、せわしなくステップを踏む素足が白いファーのラグに触れる。身のこなしはちっともリズミカルではない。見ている人もいないし、なんの気兼ねもないので、自由気ままに体を動かしているのだ。数日前、男を海へと流したというのに、この子はなに食わぬ顔で踊っている。

わたしはドアの枠にもたれかかり、そんな妹を眺めながら、いったいどういう精神状態なのだろうと考え、理解しようとするができないでいる。部屋の壁一面に塗りたくられた複雑な〝芸術作品〟と同じくらいちんぷんかんぷん。かつてアヨオラには芸術家の友だちがいて、漆喰《しっくい》の壁に黒の大胆なタッチで作品を描きあげたのだった。白い家具とぬいぐるみが置かれた上品な部屋にはそぐわない感じがする。いっそ天使か妖精を描いたほうがよかっただろうに。当時、この友だちは期待に胸を膨らませているようだった。親切に振る舞って、芸術的才能を見せつけたら、アヨオラの心に入り込める、いやせめて、ベッドに入り込めるはずだ、と。が、なんとしたことか、背が低く、口のなかで場所を争っているみたいな歯並びをしていた。そんなわけで、芸術家の彼は頭をなでられ、コカ・コーラひと缶を与えられただけに終わった。

アヨオラは歌を口ずさんでいる。調子はずれの声。わたしは咳ばらいをする。「アヨオラ」

アヨオラは踊ったままこちらを振り返る。満面の笑みが広がる。「仕事、どうだった？」

「まずまずかな」

「ああそう」アヨオラは腰を揺らして膝を曲げる。

「電話したんだよ」

「忙しかったの」

「一緒にランチでもどうかなと思って」

「ありがとう。でもいつも職場で食べてるんだ」

「へえ、そうなんだ」

「アヨオラ」わたしはもう一度やんわりと切り出す。

「うん？」

「ナイフを預かっておいたほうがいいかもね」

動きを緩めていき、ただ左右に揺れながら、ときおり腕を振っている。「え？」

「ナイフを預かっておいたほうがいいかもって言ったの」

「なんで?」

「いやまあ……必要ないでしょ」

妹はいま聞いたことをじっくり考えている。紙が燃えるほどの時間がかかるようだ。

「ううん、だいじょうぶ。自分でもってるから」そう言うとまたダンスのテンポをあげ、くるりとまわって離れていった。作戦を変えることにする。iPodを取ってボリュームをさげる。アヨオラはこちらを向いて眉をひそめた。「いったいなんなのよ」

「もってるのはまずいよ。警察が来て家宅捜索したらどうするの。ラグーンに投げ込むだけで捕まるリスクが減るじゃない」

妹は腕を組んで目を細める。少しのあいだ互いに目を逸らさずにらみ合うと、ため息をつき、腕をだらりと垂らした。

「ねえコレデ、わたしにとってナイフは大切なの。形見はこれだけでしょ」

甘ったるい感傷を見せつけられるのがほかのだれかであれば、こんなセリフでも少しくらい効き目はあるのかもしれない。でもわたしはだまされたりしない。そもそもアヨオラには感情というものがあるのだろうか。はなはだ疑問だ。

それにしてもどこにナイフを隠しているのだろう。わたしがあれを見るのは、すぐ目の前で血を流す死体を見下ろしているときだけ。見かけないときだってある。どういうわけか、あのナイフを手にしなければ、刺すつもりにならないのじゃないかとすら思える。まるで殺人を犯しているのはあの子ではなく、ナイフそのものであるみたいに。しかもそこまで意外な話でもないだろう。モノに意志がないなどと、どうして決めつけられるのか。それに、かつての所有者全員の意識が合わさって、ねらいを定めていると言えないこともない。

父

アヨオラはナイフを譲り受けた（〝譲り受けた〟と言っても、あの人の亡骸《なきがら》が地中で冷たくなる前に所持品から失敬したという意味だが）。妹が自分のものにしたのもうなずける——あの人がいちばん誇りをもっていたものだったから。

ナイフは鞘《さや》におさめて鍵の掛かる引き出しにしまわれていたが、あの人は来客のあるたびに取り出し、見せびらかしていたのだった。指のあいだに九インチ（約二十三センチ）の湾曲した刃をはさみ、白っぽい象牙《ぞうげ》の柄《え》に点々と刻まれた黒い印に注意を引きつける。たいていはエピソードとともにナイフが披露された。

あるときには、大学の同級生のトムから、ボート事故で命を救ったお礼として贈られたものだと説明される。かと思えば、兵士に殺されそうになったときに手からぶんどってやった、という話になることも。しまいには、仕事の契約成立の見返りとしてシャイフ（アラブ・イスラーム社会における一族の長老、教団の導師など、宗教的・公共的権威をもつ人への尊称）から賜《たまわ》ったという話――これはお気に入りのバージョンだった。取引が上首尾に終わったことで、シャイフの娘、はたまた、はるか昔に亡くなった職人が最後に作ったナイフ、どちらかをやるから選べと言われた。娘は斜視だった。そこでナイフを頂戴することにした。

こういうエピソードは寝る前に聞かせてもらった物語と同じようなものだ。わたしたちは二人して、あの人がこれ見よがしにナイフを取り出し、客人たちが思わずたじろぐ瞬間に心躍らせた。いつも決まったように笑って、とくとご覧あれと促す。そして客がへえ、ほおと感心しているのにふむとうなずいて見せ、賛辞に酔いしれるのだった。やがて必ずだれかから待ち構えていた質問が飛んでくる。「どこで手に入れたのですか？」すると、まるではじめて見るようにナイフをためつすがめつして、キラッと光が反射するまで回転させてから、そのときの聴き手がいちばん喜びそうな話をはじめるのだった。

客が帰ったら、ボロ布と潤滑油の小瓶をもってきて、丹念にナイフを磨きあげ、手という手が触れた記憶を消し去ろうとした。刃に油を数滴垂らし、指でそっと円を描くみたいに広げて、やさしく塗りつけていく。わたしはそれをひたすら眺めていた。あの人のやさしさが垣間見えたのはこの瞬間だけだ。ゆっくり時間をかけて、そばにわたしがいることすらめったに気づかない。刃の油を洗い落とそうと腰をあげたときに、わたしも部屋を出ていくことにしていた。手入れの段取りはこれで終わりではないものの、早いうちに退散するにこしたことはない。いつなんどき、気分が一変するかわかったものではないから。

あるとき、アヨオラはあの人が留守にしていると思って書斎に入り、机の引き出しの鍵が掛かっていないことに気づいた。ちょっと見てみようとナイフを取り出したら、食べていたチョコレートがついて汚れてしまった。あの人が帰宅したとき、アヨオラはまだ書斎にいた。大声で喚き散らし、髪をつかんでアヨオラを部屋から引きずり出した。わたしはたまたまその場にやって来て、ちょうどアヨオラが廊下に投げ飛ばされるのを目撃したのだった。

そんなわけで、アヨオラがナイフを手に入れたことに驚きはない。わたしが先に思いついていたら金槌でたたきつぶしてやったのに。

ナイフ

クイーンサイズのベッドの下、それとも、収納の引き出しに隠しているのだろうか。ウォークイン・クローゼットに突っ込んだ山積みの服に埋もれているのだろうか。アヨオラはベッドルームを見まわすわたしの視線を追っている。

「まさか、こっそり忍び込んで、取りあげようとしてるんじゃないよね」

「なんで必要なのかわからない。家のなかに置いておくなんて危険だよ。ね、わたしにちょうだい。ちゃんと始末しておくから」

妹はため息をついて、頭を振った。

エフォ

容姿に関して、わたしが父から受け継いだところはなにもない。それに引き換え、母に目をやると、未来の自分の姿を見ているような気になる。どう頑張ったとしても母には似てしまう。

母は階下のリビングのソファに寝そべって、ミルズ&ブーンのロマンス小説を読んでいる。生涯一度も経験したことのない恋愛を描いた物語だ。アヨオラはすぐそばの肘掛け椅子に前かがみに座って、携帯の画面をスクロールしている。わたしは二人の前を通り、となりのキッチンのドアに手を伸ばす。

「料理するの?」ママがたずねる。

「うん」

「コレデ、妹にも教えてあげなさい。料理のひとつもできずに、どうやって夫の面倒をみるっていうの」

アヨオラは口を尖らせるだけでなにも言わない。キッチンにいること自体は嫌いではないのだ。目に留まったものならなんでも味見をしたがる。

わが家ではもっぱらお手伝いとわたしが料理を引き受けている。母もやることにはやるのだが、あの人が生きていたときほどではない。アヨオラはといえば——はたしてトースターにパンを入れるよりも骨の折れることができるかどうか、見ものだろう。

「わかった」とわたしが言うと、アヨオラは立ちあがってついてきた。

お手伝いは必要なものをぜんぶ洗って刻んで、カウンターの脇に置いてくれている。わたしは彼女を気に入っている。こざっぱりしていて落ち着いた物腰、それになにより肝心なのは、父のことをまったく知らない。あの人が死んだあと、〝実務上〟の理由から使用人全員に暇をやった。それから一年間、使用人なしでやり過ごした。この大きさの家となると予想以上にたいへんだ。

チキンはぐつぐつ煮えている。アョオラが鍋の蓋を開けると油とマギーブイヨンの濃厚な香りが広がる。

「うーん」いい匂いを吸い込んで、さくらんぼ色の唇を湿らせる。お手伝いは顔を赤らめる。「食べてみてよ！」

「ありがとうございます」

「できあがったら味見を手伝わなきゃね」アョオラはそう言って微笑む。

「ほうれん草を刻んでくれると助かるかな」

アョオラは下準備が済んだ食材に目をやる。「でももうぜんぶ刻んであるじゃない」

「もっといるの」お手伝いが大急ぎでほうれん草の束を取ってこようとしたので呼び戻す。「いいのよ、アョオラにやらせて」

アョオラは芝居気たっぷりにふうっとため息をもらしたが、とりあえず食品庫からほうれん草をもってきた。ナイフを手に取ったところを見て、わたしは無意識のうちにフェミを思い出してしまう。バスルームでぐったりうなだれ、まるで出血を止めようとしているみたいに、傷口からそう離れていない場所に手をあてていた。息絶えるまでどれくらいの時間がかかっただろう。アョオラは刃を下向きにしてナイフを軽く握っている。ほうれん草を手早く、荒っぽく刻み、子どものようにナイフを振りまわして、しあがりの見た目などと意に介していないようだ。このへんで止めたほうがいいのかもしれない。お手伝いは笑いをこらえている。わざわざわたしにいやがらせをしているのではないかという気がしてくる。

アョオラには取り合わないことにして、パーム油を鍋にまわし入れ、玉ねぎと唐辛子を加えたら、すぐにこんがりしはじめた。

「アヨオラ、ちゃんと見てる?」

「ああ、うんうん」カウンターにもたれかかり、片手でせわしなく携帯電話をタイプして、もう片方の手にはまだキッチンナイフを握り締めている。わたしは近づいていって、手から柄を引き抜き、ナイフを取りあげた。アヨオラは目をぱちくりさせる。

「こっちに集中して。このあと赤ピーマン《タタセ》を入れるから」

「了解」

背中を向けるとすぐにまたキーパッドをたたく音が聞こえてきた。もう少しで注意するところだったけれど思いとどまる。しばらくパーム油を火にかけたままにしていたので、そろそろパチパチ、ジュージューしてくるころだった。火を弱めて、妹のことはしばらく放っておこうと決める。学びたいのなら自分でどうにかするだろう。

「なに作ってるんだっけ?」

本気で言ってる?

「エフォ・リロ(青菜の煮込み)ですよ」とお手伝いが答える。

アヨオラはまじめくさった顔でうなずき、ちょうどわたしがほうれん草《エフォ》(エフォは青菜の一種で厳密に言えばほうれん草ではないが、ナイジェリアではスピナッチと英訳されている)を加えたとき、ぐつぐつ煮えたぎるエフォ・リロの鍋に携帯を向けた。

「ほうら、みんな、エフォよ!」

ほんの一瞬、わたしはほうれん草を手にもったまま凍りついた。まさか本気でスナップチャットに動画をアップするつもりなのだろうか。ぶるっと体を震わせてわれに返ると、携帯電話をひったくって〝消去〟キーを押す。手についた油で画面が汚れた。

「ちょっと!」

「アヨオラ、早いって、早すぎるよ」

3

「フェミで三人目よ。三人殺したら、連続殺人犯って言われちゃう」

だれかがムフタールの病室の前を通るといけないので声をひそめる。わたしのつぶやきが五センチの厚みのドアの向こうへ漂っていき、通りすがりの人の耳をくすぐったりしたらたいへんだ。意識不明の男性に打ち明け話をする以外、わたしは慎重に慎重を重ねている。「三人目よ」と自分に言い聞かせる。

昨晩はまったく眠れなかったので、数を逆に数えるのをやめて、机に向かい、ノートパソコンを開いた。午前三時、グーグルの検索窓に〝連続殺人犯〟とタイプしてみた。出てきた、これこれ。三人以上の殺人を犯したら……連続殺人犯と呼ばれる。

脚のチクチクする感じを取り除こうと上下にさする。この情報をアヨオラに伝えたところでなんにもならないだろう。

「心のどこか奥底では、きっとわかっているはずよね」

わたしはムフタールをじっと見つめる。顎ひげがまた伸びている。せめて二週間に一度くらいひげを剃《そ》らなければ、もじゃもじゃに絡まり、顔の半分を覆ってしまいそうになる。だれかが介護当番表の項目を見落としたにちがいない。こういう失態をしでかすのはたいていインカだ。

廊下でかすかな口笛の音がして、だんだんこちらに近づいてくる。タデだ。タデは歌を口ずさんでいないと鼻歌を歌い、それにも飽きたら口笛を吹く。まるで歩くオルゴール。あの声を聞くと元気が湧いてくる。入り口まで歩いていって、彼がちょうどここにさしかかるころドアを開けた。タデがにっこり笑う。

わたしは手を振ったが、すぐにその手を下ろし、必死になっている自分をたしなめる。微笑むだけでもじゅうぶんすぎるでしょ。

「ここにいたんだね、知らなかったよ」

タデは手にしているカルテを開いてざっと目を走らせ、わたしに手わたす。ムフタールのものだ。注意すべき点は見当たらない。状態は良くも悪くもなっていない。重大な決断をするときが刻一刻と迫っている。わたしは首をねじってもう一度ムフタールを見る。安らかな表情。それがうらやましく思えた。目を閉じるたびに死んだ男の姿がまぶたに浮かぶ。以前のようになにも見えなくなったら、どんな感じがするだろうか。

「この患者さんのこと、気にかけているよね。いや、ちょっと確かめておきたいと思って。きみに覚悟があるかどうか……」タデは言葉をにごした。

「といっても、患者さんよ、タデ」

「もちろんわかってる、わかってるさ。でもね、ほかの人の運命を気づかうのはちっとも恥ずかしいことなんかじゃないよ」

タデはわたしの肩にやさしく触れ、慰めようとしてくれる。ムフタールの命はやがて尽きるだろう。でも血まみれになって絶命するわけではないし、あの橋の下の海水域で繁殖するカニに食い尽くされたりもしない。家族はしっかり最期を見届けられる。タデの温かい手はずっと肩に触れたままだ。わたしはその手に寄りかかる。

「いいニュースがある。きみが看護師長に昇格するって噂だよ!」タデはそう言ってやにわに手を離した。べつに意外でもなんでもない。師長のポストはしばらく空いたままだし、そもそもほかに適任者がいるだろうか。インカに務まるはずもないし。それより気になるのは、肩から手が離れてしまったことだ。

「すごい」とわたしは言う。それがタデの望んでいる反応だから。

「昇進したらお祝いしよう」

「そうね」冷静な口調に聞こえていればいいのだけれど。

歌

タデの診察室はどの先生の診察室よりも小さいというのに、不満のひとつも聞いたことがない。不公平だと思ったとしても、そんなことはおくびにも出さない人だ。

今日に限っては、この小さな診察室が功を奏した。幼い女の子が注射を目にしたとたん、ドアに向かって突進していった。ただし短い脚では遠くへ行けず、一瞬で母親につかまってしまう。

「イヤ!」と女の子は叫んで、蹴ったりひっかいたりする。興奮したニワトリさながらだ。母親は歯を食いしばり、痛みに耐える。マタニティフォトの撮影でポーズをとっているときや、ベビーシャワーのパーティーではしゃいでいるときに、こんなこと想像できただろうか。

タデは小児患者用にキャンディーの入った器を机に置いている。ロリポップを取って差し出すと、女の子はぴしゃりとたたいて払いのけた。それでも笑顔は崩さず、歌いはじめる。診察室に声が満ちていき、わたしの頭に沁《し》みわたる。すべてがぴたりと静止する。女の子はわけがわからず黙り込み、母親を見あげる。母親も歌声に心を奪われ、うっとりしている。歌っているのが〝メリーさんの羊〟であろうとかまわない。鳥肌が立って止まらない。海のような声をもつ男性より美しいものなんてあるのだろうか。

わたしは窓のそばに立ち、集まってきて上を見あげ、指差している人たちに目を落とす。タデはめったにエアコンをつけないので、だいたい窓は開け放たれている。そういえば、仕事中にラゴスの喧騒を聞くのが好きだと言っていたな。鳴り止まないクラクション、行商人のがなり声、タイヤの悲鳴。路上のさまざまな音。こんどはラゴスがタデに耳を傾ける番だ。

女の子は鼻をすすり、手の甲で鼻水を拭う。タデのほうによたよた歩いていく。大きくなったらタデを初恋の人として思い出すだろう。非の打ちどころのない鷲《わし》鼻、情熱をたたえた目のことを考えるにちがいない。たとえ顔立ちを忘れてしまっても、あの声だけは夢のなかにいつまでもとどまり続けるはず。

タデは女の子をすくうように抱きあげ、ティッシュで涙をふいた。それから期待するようにこちらを見あげたので、わたしは慌てて空想を振り払った。注射を手に近づいても女の子が気づくようすはない。アルコールの脱脂綿で太ももを消毒しても身じろぎひとつしない。いっしょに歌を歌おうとしているが、鼻をすすってしゃっくりをするので途切れ途切れになる。母親は結婚指輪を外すつもりなのか、ひたすらねじっている。いまにも口からよだれが垂れそうなので受けたほうがいい。ティッシュをわたそうかと考えた。

わたしが薬を注射すると女の子はびくっとしたが、タデがしっかり押さえてくれていた。これで一件落着。

「えらいじゃないか」女の子はぱっと顔を輝かせ、自分からごほうびのさくらんぼ味のロリポップを受け取る。

「子どもの扱いがお上手なんですね」母親が甘ったるい声でささやく。「お子さんがいらっしゃるの？」

「いいえ、いませんよ。でもそのうちね」タデは笑って完璧な歯を見せ、目を細めた。この笑顔が自分だけのものと思い込んでもしかたがない。残念ながら、だれにでも、わたしにだって振りまく笑顔なのだけれど。

母親は頬を染める。

「ご結婚は？」（あらあら、二人目の夫をお望み？）

「いいえ、まだです」

「じつは妹がいるんですけどね、とっても……」

「オトゥム先生、処方箋です」

タデは顔をあげる。わたしの不愛想な態度に面食らっているようだ。あとでやさしく、いつもどおりやさしく、忠告してくれるだろう。患者さんの話を遮ってはいけないよ。もちろん患者さんは治療のために来院するのだけど、いたわるべきところは体だけじゃないからね。

赤

インカは受付でマニキュアを塗っている。ブンミは近づいてくるわたしを見て、インカを肘でつつく。もちろん警告をしても無駄だ。インカがこんなことくらいで手を止めるわけがない。案の定、わたしに気づくとずるがしこい笑みを浮かべた。

「コレデ、ステキな靴じゃないの！」

「ありがとう」

「本物だったらすごく高いよね」

ブンミは水を飲んでいてむせてしまう。でもわたしは挑発に乗ったりしない。体のなかではタデの声がまだ鳴り響いていて、気持ちを落ち着かせてくれる。まるで子どもをなだめるみたいに。インカを無視してブンミのほうを向く。

「これからお昼にするね」

ランチをもって二階に行き、タデの診察室をノックして、どうぞと深みのある声がするのを待つ。もうひとりの清掃員（こんなに清掃員がいるのだから、病院には塵《ちり》ひとつ落ちていないと思うだろう）、ギンペがこちらを見て、親しげに、訳知り顔に笑い、高い頬骨を誇示する。笑い返したりするものか。わたしのこと、なんにもわかっていないくせに。苛立ちを隠して、再びドアを軽くノックする。

「どうぞ」

看護師の立場で診察室を訪れているのではない。手にはライスとエフォ・リロの入った容器をたずさえている。部屋に入ると、香りが彼のもとに漂っていくのがわかる。

「これはこれは」

「めったにお昼休みをとってないみたいだから……ラ

ンチをどうかなと思って」

タデは容器を受け取り、なかをのぞいて深く息を吸い込んだ。「きみが作ったの？　ものすごくいいにおい！」

「どうぞ」とフォークをわたすと、タデは勢いよくほおばった。目を閉じてひと息つき、また目を開けてにっこり笑う。

「なんと……コレデ……うん……ほんと、すばらしい奥さんになれるよ」

写真におさまりきらないほど大きな大きな笑顔だったにちがいない。自分の笑みがつま先まで広がっている気がした。

「残りはあとで食べることにするよ。この報告書をしあげないといけないから」

つかのま、椅子のかわりに机の角にもたれていたが、体を起こし、あとでタッパーを取りにくるからと声をかける。

「コレデ、ほんとにありがとう。最高だよ」

待合室で女性が泣き叫ぶ赤ん坊を揺り動かし、あやそうとしている。でも一向に泣き止む気配はない。ロビーで待っている一部の患者はいらいらをつのらせている。わたしの神経にもさわりはじめる。もしかしたら赤ん坊の気を逸らせるかもしれないと思い、ガラガラを手に女性のもとへ行こうとした。ちょうどそのとき、入り口のドアが開いた――。

入ってきたのはアヨオラだった。どの人も残らずアヨオラのほうを向いたきり身じろぎもしない。わたしはガラガラをもってその場に立ち尽くし、どういうことなのか理解しようとする。アヨオラはまるで太陽を連れてきたみたいだ。豊満な胸を強調する鮮やかな黄色のシャツドレス。低い身長を補うような緑のストラップ・ヒールに、九インチの凶器をしまえる白のクラッチバッグ。

アヨオラはわたしを見て微笑み、こちらにゆったり歩いてくる。男性が小声で「すげえ」とつぶやくのが聞こえた。

「アヨオラ、こんなところでなにしてるのよ?」声が喉もとでつっかえる感じがする。

「お昼どきだからね!」

「それで?」

妹は質問に答えず、ふわふわ漂うように受付のほうへと歩いていく。人びとの視線を浴びて最高の笑顔を見せている。「姉のお友だちですよね?」

受付の二人は口をあんぐり開けてまた閉じる。

「コレデの妹さん?」インカは甲高い声をあげる。アヨオラとわたしの容姿を比べて、なんとか結びつけようとしているのがわかる。たしかにわたしたちには似ているところもある——口と目の形はそっくりだ。でも妹はブラッツ・ドールみたいで、わたしはヴードゥーの像。丸っこい鼻と幅広の唇をして、聖ペテロ病院一の美人と呼び声が高いインカですら、アヨオラのそばでは取るに足らないと思えるほど見劣りしてしまう。それが自分でもわかっているようだ。金《かね》のかかった髪の毛を指でくるくる巻いて、肩をそびやかしている。

「これ、なんの香り?」とブンミが訊く。「これって……ほんと……」

アヨオラは顔を近づけてブンミの耳もとでなにかささやき、また体を起こす。「二人だけの秘密だよ、いい?」そう言ってブンミにウインクする。いつもは無表情なブンミの顔が明るくなった。もううんざり。わたしは受付に向かった。

おりしもタデの声が聞こえて、心臓が早鐘を打つ。わたしはアヨオラをひっつかんで出口まで引きずっていく。

「なにすんのよ!」

「帰って!」

「はあ? 意味わかんない。なんでそんなに……」

「どうした……」タデは語尾を飲み込んだ。ふうっと血が冷めていくのを感じる。アヨオラはわたしの手を振りほどいたが、もうこの際どうだっていい。どっちみち手遅れなのだから。タデの目はアヨオラに吸い寄せられてぱっと見開かれた。タデは診療衣を整え、「どうしたの？」といつにないかすれ声で言い直す。

「コレデの妹です」とアヨオラ。

タデはアヨオラとわたしをかわるがわる見つめる。「妹さんがいるなんて知らなかったよ」わたしに話しかけながらも、目はアヨオラに釘付けになったまま。

アヨオラはふくれっ面をする。「わたしのことが恥ずかしいんですよ」

タデは笑顔を向ける。やさしい微笑みだ。「まさか。そんなわけないですよ。失礼、お名前をうかがってませんでしたね」

「アヨオラっていいます」女王が臣下にするように手を差し出す。

タデはその手を取り、そっと握った。「タデです」

学　校

アヨオラが美しく、わたしは……そうじゃないと気づいたのはいつだったか、正確にはわからない。ただ、はっきりしているのは、ずいぶん前から自分には欠点があると感じていたことだ。

中学校というのは残酷極まりない。男子はリストを作って、コカ・コーラの瓶のような8の字体形をしている女子、そして数字の1、棒きれみたいな体形の女子を分類していた。おまけに、女子たちのいいところと悪いところを強調した絵を描き、みんなに見えるように学校の掲示板に張り出すのだ――そのうち先生たちがピン留めから絵を引き剝がして、ひとまず騒ぎが収束するものの、あとにはまるで嘲《あざけ》りのように小さな紙片が残っていた。

わたしの絵では、ゴリラみたいな唇、ほかの部分がぜんぶかすんでしまうような目が際立っていた。男子なんてそろいもそろってガキでバカなだけだし、避けられようと嫌われようと、気にしなくていい。そう自分に言って聞かせた。もし、まれに言い寄ってくるやつがいたとしても放っておけばいい。わたしのことを、ちょっと注目してやると、ありがたがってなんでも言うことをきくはずだと思っているような連中なのだから。わたしは男子に寄りつかなかった。女子のことは見下していた。男子のことでキャーキャー言ってバカみたいと嘲笑い、キスなんかしたりしてと毒づき、なにかにつけて軽蔑した。いつもひとり、涼しい顔をしていた。

わたしはだれのこともからかったりしなかった。

二年がたち、妹のことはなんとしても守ってみせる、という断固たる思いでいた。きっとわたしと同じ仕打ちを受けるはず。ううん、もっとひどいかもしれない。毎日、泣きながら飛びついてくる妹を両腕で包み込んで、慰めてあげなければ。二人で世界に立ち向かうんだ。

　ところが、妹が初登校の日に上級二年の男子から誘われたという噂が広まった。前代未聞の事件だ。上級クラスの男子は年下を相手にしない。万が一気になる存在ができたとしても、公言することなどまずめったにない。アヨオラは誘いを断ったという。でもわたしはこのとき、はっきりそれがどういうことなのか理解したのだった。

染　み

「一緒にお昼でもどうかな、と思っただけ」
「ちがう、わたしの職場をのぞきたかったんでしょ」
「だとしてもなにが悪いのよ、コレデ」と母が大声をあげる。「一年も同じところで働いているのに、この子は一度も見たことがなかったのよ！」母は事実に愕《がく》然《ぜん》としている。アヨオラがなにか不当な目にあっていると思ったら、たいていこんな感じだ。

　お手伝いがキッチンから煮込み料理を運んできて、テーブルの上に置く。アヨオラは身を乗り出してボウル一杯分をよそった。母とわたしがまだ自分の分を取り分けていないのに、アマラ（ヤム芋かキャッサバかプランテーンが原料の餅）の包みを開けて、スープにひたしている。

わたしたちは長方形のテーブルのいつもの場所に着席する。母とわたしは左側、アヨオラは右側。かつてテーブルの上座にも椅子があったのだが、わたしがうちの敷地を出たところで火にくべて、真っ黒こげになるまで燃やしたのだった。だれもそのことを口にしない。あの人のことも話さない。

「今日、タイウォおばさんから電話があったわよ」ママが話をはじめる。

「ふうん、そうなの？」

「そう。もっとあなたたちから連絡がほしいって」ママはいったん言葉を切り、どちらかがなにか言うかと反応を待っている。

「オクラを取ってもらえる？」とわたし。

母がオクラを手わたしてくれる。

「それで」先の話題が興味を引かなかったので母は話を変える。「アヨオラに聞いたのだけど、職場にステキな先生がいるんだってね」

思わずオクラのボウルを落としてしまい、中身がテーブルにこぼれた。薄膜が張ったような緑色の液体がみるみるうちに花柄のテーブルクロスに染み込んでいく。

「コレデ！」

テーブルクロスをふきんで軽くたたく。母の声がぼんやりとしか聞こえない——思い悩んで頭が蝕《むしば》まれてしまっている。

アヨオラがこちらを見ているのがわかり、心を落ち着けようとする。お手伝いが走ってきて染みを落とそうとするが、水を使ったから余計に広がってしまった。

家

わたしはだれも弾かないピアノの上に掛かっている絵を見つめている。

あの人が改装した中古車を新車と偽装して販売店に売りつけたあとで発注した絵――怪しい商売をやって建てた家の絵だ（そもそも、どうして居住している家の絵をその家のなかで飾っているのだろう）。

子どものとき、この絵の前に立って、なかに入れるといいなと考えたものだ。水彩の壁の内側に家族の分身が暮らしているところを想像した。緑の芝生の向こう、白い円柱を抜けて重厚なオーク材のドアを開けると、笑いと愛情があふれている。そんなことを夢見ていた。

画家は木に向かって吠えている犬まで描いていた。まるでわたしたちが昔飼っていたことを知っているみたいに。ふわふわの茶色の毛をした雌の犬は、父のオフィスでおしっこをするという過ちを犯してしまった。あれ以来、二度と見ることはなかった。画家がそれを知っているはずもない。なのに絵には犬が描かれていて、たしかに鳴き声が聞こえることだってあった。

わが家なんてこの絵画の美しさとはまったく比べものにならない。いっときも変わらないピンクの夜明けの空が広がり、緑の葉は決して枯れることがなく、この世のものとは思えない黄色や紫色に彩られた低木が庭を囲んでいる。絵のなかの外壁はいつも真っ白だけれど、現実ではしばらく塗り直せていないので色褪《あ》せて黄色っぽくなっている。

あの人が死んだとき、現金を得るために、所蔵していたほかの絵は残らず売り払った。たいした損失ではなかった。もし家を処分できていたら迷わずそうしただろう。ところが、あの人はこの南方風の家を一から建てたのだった。つまり家賃もいらないし、ローンの残りもないということだ（だいいち、家を建てた土地の権利書が疑わしいとしか言いようがないのに、こんな巨大な家をだれが欲しがるというのか）。そんなわけで、わたしたちは小さなアパートに引っ越すのをやめ、できる限りのことをして、この思い出の詰まった邸宅の維持費をやりくりすることにした。

ベッドルームからキッチンに移動する際にもう一度ちらりと絵を見やる。人物が描かれていないのは結果的に幸いだった。とはいえ目を凝らすと、窓のひとつに女性らしき影が見える。

「あの子はただお前のそばにいたいだけよ。親友なんだから」なんとも母らしい。母はこちらに近づいてくる。いまだにアヨオラのことを子ども扱いしている。〝やめて〟という注意をめったに聞かない成人女性としてではなく。「妹がときどき職場に来るのがなんで悪いのよ？」

「ママ、病院なのよ。公園じゃないんだから」

「はいはい、わかったわかった。それはそうと、あの絵をじろじろ見すぎじゃない？」母は急に話を変えた。わたしは目を逸らし、ピアノのほうを向く。

ピアノも一緒に売れればよかった。蓋に指をすべらせると、埃《ほこり》にひと筋の線ができる。母はため息をついて去っていった。ピアノの表面に埃ひとつなくなるまで、わたしが落ち着かないとわかっているのだ。日用品の戸棚のところへ行って、雑巾《ぞうきん》の束を取る。これで記憶をぜんぶ拭い去れるといいのに。

休憩

「妹がいるなんて聞いてなかったよ」

「そうね」

「ていうかさ、きみの通った学校も、最初のボーイフレンドの名前も知ってる。シロップのかかったポップコーンが好きだってことさえ知ってるのに――」

「そのうちぜったい食べてみて」

「――それなのに、妹のことを知らなかった」

「うん、でももうわかったからいいじゃない」

　タデに背を向け、金属トレイの注射針を処分する。もちろん自分でできるだろうけど、タデが仕事をしやすくなるように、いろんな雑用を引き受けたいのだ。

　タデは机に前かがみになり、目の前の書類になにか書き込んでいる。どんなに急いで書いても筆跡は大きく、文字と文字はしっかりくっついている。いつもきれいで読みやすい。ペンを走らせる音がやみ、タデがえへんと咳ばらいをする。

「妹さんにはだれか付き合ってる人がいるの？」

　海底に眠り、魚につつかれているフェミに思いを馳せる。「休憩中なの」

「休憩？」

「そう。しばらくだれとも付き合わないみたい」

「どうして？」

「いつもひどい別れ方をしているから」

「そっか……男ってバカだからね」当の男からこんなことを聞くのはおかしな感じがする。でもタデはつね日ごろから感受性豊かな人だ。「きみから携帯の番号を聞いても迷惑にならないかな」タデのそばで魚が泳いでいる。海底へと、フェミのほうへと、ゆらゆら沈んでいく。そんな光景を想像してしまう。

なにかの拍子で自分をチクリとやってしまわないように、注意深く注射器をトレイに戻す。

「妹に訊いておくね」そうは言ったものの、なにも話すつもりはない。会わなければきっと心の隅っこに消えていくはずだ。暖かい日に一瞬だけ感じる冷気のように。

欠点

「それで、二人は同じ両親から生まれたわけ？」

「自分から妹って言ってたでしょ」

「でもほんとに両親とも同じなの？　ちょっとハーフっぽいよね」

インカにはほんとうにいらいらさせられる。ただあいにく、インカが口にした疑問は、これまでの人生で聞いたいちばん不快なものでもないし、いちばん珍しいものでもない。アヨオラは身長が低く――それが欠点といえば唯一の欠点になるだろうか――、それに引き換え、わたしは一八〇センチほどもある。アヨオラの肌はクリーム色とキャラメル色をちょうど足して二で割ったような色。わたしはといえば、皮を剝く前のブラジルナッツの色。アヨオラは豊かな曲線美を描いた体つき、わたしはぎすぎすした体形。

「イモ先生にレントゲンの準備ができていますって伝えてくれた?」わたしはぴしゃりと言った。

「ううんまだ、でも……」

「じゃあ、いますぐ伝えてもらえるかな」

わたしはインカが言い訳をしないうちにその場を離れる。アシビは二階でベッドを整えていて、モハメドはわたしの真ん前でギンペとベタベタしている。二人はぴったりくっついて立ち、モハメドは手を壁に押しつけてギンペに体を寄せている。モハメドはあの場所の拭き掃除をすることになるだろう。どちらもわたしに気づかない。モハメドはこっちに背を向け、ギンペはうつむいている。きっと甘いお世辞を聞かされ、真に受けているのだろう。あの男が臭わないのだろうか。麻痺《まひ》しているのかもしれない。ギンペもひどい臭いがする。汗、汚れた髪、洗剤の臭い、それに橋の下で腐敗した死体の臭い……。

「コレデ!」

わたしは目をしばたたく。二人の姿は消えている。どうやら、しばらく暗がりに突っ立って、物思いにふけっていたようだ。ブンミがいぶかしげにこちらを見ている。何回くらい呼んだのだろう。ブンミの真意を読み取るのは難しい。頭のなかでそれほどいろんなものが行き交っているようには見えないのだけれど。

「どうしたの?」

「妹さんが下に来てるよ」

「は?」

ブンミが同じことを繰り返すのを待たずに、エレベーターが来るのも待たずに、階段を駆け下りる。ところが受付に行くと、アヨオラはどこにも見当たらず、わたしはただぜいぜい喘いでいる。同僚たちは、妹がここに来るとわたしが慌て出すとわかっているのだろう。わたしをからかっているのかもしれない。

「インカ、妹はどこ?」まだ息が切れる。

「アヨオラのこと?」

「もちろん。妹はあの子だけなんだから」

「そんなの知らないよ。妹がいるってことも知らなかったんだから。ひょっとすると十人きょうだいかもしれないじゃない」

「そうね、わかったから、あの子はどこ?」

「オトゥム先生の診察室」

階段を一段飛ばしでのぼる。タデの診察室はエレベーターの真向かいにあるので、二階に来るたびドアをノックしたい気持ちになる。アヨオラの笑い声が廊下にこだましている。大声で、気ままに笑い転げている。天真爛漫《らんまん》でなんの悩みもない人の笑い方。今回はわざわざノックするまでもない。

「ああ! コレデ、やあ! 妹さんをちょっと借りていたよ。二人でランチの約束なんだってね」わたしは状況を見て取った。タデは机のうしろに座らないで、机の前に二つある椅子のひとつに腰かけている。アヨオラはもうひとつに座っている。タデはアヨオラの正面にくるように椅子の向きを変えていて、さらにそれでは不十分だというように、前かがみになり、膝に肘をついている。

この日、アヨオラが選んだトップスは白で背中が大きく開いたものだ。鮮やかなピンクのレギンスをはき、ドレッドは頭のてっぺんでまとめてある。ずいぶん重そうな髪の毛。支えきれないほど重そうだが背筋はしゃんとしている。手にはタデの電話をもっていて、明らかに自分の番号を保存しているところだ。

二人はなんのうしろめたさもなく、こちらを見ている。

「アヨオラ、ランチは無理って言ったじゃない」

タデはわたしの口調に驚いているようだ。怪訝《けげん》そうな顔をするが黙ったままでいる。礼儀正しいので姉妹の口げんかに割って入るようなことはしない。

「ああ、それだったらだいじょうぶ。インカっていうあのいい子と話したんだけど、お姉ちゃんのぶんも仕事してくれるって」ふうん、そっか、インカがね。

「インカが余計なことを言ったわけね。仕事が山ほどあるっていうのに」

アヨオラは唇を突き出す。タデは咳ばらいをする。

「ねえ、ぼくはお昼がまだなんだ。もしよければ、すぐそこにいい店があるんだけど」

タデが言っているのはサラトビのことだ。すばらしいステーキを出すお店。見つけた次の日にタデを連れていった。インカもついてきたのだが、それでもランチは台無しにならなかった。タデがアーセナルのサポーターで、かつてプロサッカーに挑戦したことがあると知った。ひとりっ子だということも、野菜がそんなに好きではないということも。こんどはインカ抜きで二人きりで来れるといいな、そしてもっとタデのことを知れるといいな、と思っていた。

アヨオラは輝くような笑顔を浮かべる。

「いいわね。ひとりぼっちで食べるのはいやだもん」

フラッパー

その夜、部屋に押しかけていくと、アョオラは机に向かってアパレル・ブランドの新しいデザインを描いていた。ソーシャル・メディアで自分がデザインする服のモデルもこなしていて、どんどん入る注文をなんとか処理できている状態らしい。マーケティング戦略だ。見事な体形の美しいモデルを見ると、自分もきちんとコーディネートして、マッチするアクセサリーをつけたら、同じくらいステキになれるかもしれないと思ってしまう。そんな仕組み。

ドレッドヘアで顔は隠れているが、唇をかんで、眉根を寄せて集中している。見えなくても想像できる。机の上にあるのはスケッチブックと数本のペン。あとは水のボトル三本。一本はほとんど空だ。それはともかく、部屋は足の踏み場もないほど散らかっている。大量の服が床に散乱していて、押し入れからもあふれ出し、ベッドの上には山積みになっている。

足もとのシャツを取って、さっとたたむ。

「アョオラ」

「なに?」アョオラはこちらを向かないし頭もあげない。もうひとつ服を拾いあげる。

「職場に来るのをやめてもらいたいのだけど」ようやく注意を引けた。鉛筆を置いてぱっと振り返り、わたしに向かい合う。ドレッドヘアも一緒にくるりとまわる。

「なんで?」

「仕事と日常生活を分けたいだけ」

「わかった、しょうがないね」アョオラは肩をすくめてデザインに戻る。いまいる場所から見ても、一九二〇年代のフラッパースタイルのドレスだとわかった。あと

「それから、タデと話をするのもやめてくれないかな」

またくるりとこちらを向いて、首を横にかしげ、顔をしかめた。アヨオラがこんなふうにしかめ面をするのは珍しい。めったにないことだ。

「どうして?」

「タデとどうにかなるのはよくないと思って」

「傷つけるから?」

「そういうことじゃないけど」

アヨオラは少し口をつぐみ、わたしの言ったことを考えているようだ。

「彼のこと、好きなの?」

「そういう問題じゃなくて。いますぐにはだれとも付き合わないほうがいいってこと」

「言ったよね、しかたなかったって。言ったはずだよ」

「ちょっとひと休みしたほうがいいんじゃないかな」

「自分のものにしたいのだったら、はっきりそう言えば」アヨオラはいったん言葉を切り、わたしの反応を待つ。「だいいち、あの医者、そこらへんの男と大差ないよね」

「どういうことよ」もちろんちがう。タデはやさしくて繊細な人だ。子どもに歌を歌ってあげるのだから。

「あの人、薄っぺらよ。かわいい顔にしか興味ない。男の頭のなかってみんなおんなじ」

「なんにも知らないくせに!」思いがけず高い声を出してしまった。「やさしくて繊細で、それに……」

「証明してあげようか?」

「話すのをやめてほしいだけだから、いいわね?」

「ほんと、望むものが手に入るとは限らないよね」アヨオラは椅子を回転させて仕事を続けた。すぐに部屋を出ていけばいいのに、わたしは残りの服を次から次へと手に取ってたたんでいき、怒りと自己憐憫《れんびん》を押しつぶした。

マスカラ

手が安定しない。メイクをするには安定した手つきが必要だというのに、なんにせよ経験不足なのだ。自分の欠点を隠すことには意味がないように思っていた。言ってみれば、トイレを出るときに芳香スプレーを使うのと同じくらい無駄なのでは。結局、香りのついた大便のような臭いがするだけだから。

そばにノートパソコンを置いてユーチューブの動画を流し、ドレッサーの鏡をのぞき込んで女の子がやっているのを真似しようとする。といっても、手の動きがちがっているみたいだ。粘って続けてみる。マスカラを手にもってまつ毛に塗っても、束になってしまう。ばらけさせようとして指を汚すはめになった。まばたきすると目のまわりのファンデーションに黒い跡がつく。ファンデーションを塗るのに手間取ったので汚したくない。なのでとりあえず重ねづけをする。

鏡に映った作業の成果をじっくりと眺める。まるで別人のようだが、きれいに見えるかどうかは……わからない。とにかくちがって見える。

バッグに入れる物をドレッサーに並べる。

ポケットティッシュ二つ、三〇〇ミリリットルの水のボトル、救急セット、ウエットティッシュ、財布、ハンドクリーム、リップバーム、携帯電話、タンポン、レイプ防止用ホイッスル。

おおむね、すべての女性の必需品といったところだ。ひとつひとつ、ショルダーバッグにきちんとしまい、ベッドルームから出てドアをそっと閉める。母と妹はまだ眠っているが、お手伝いがキッチンで気ぜわしく動いている音がする。お手伝いのいる階下に行って、オレンジ、ライム、パイナップル、生姜《しょうが》がミックスされたいつものジュースをもらう。体を目覚めさせるにはフルーツジュースがいちばんだ。

時計が五時を告げるころ、わたしは家を出て早朝の人混みを擦り抜ける。病院に着くのは五時三〇分。この時間はひっそりと静まり返っていて、ささやき声で話すほうがいいんじゃないかと思える。受付のうしろにバッグを下ろし、棚から勤務日誌を取り、夜間に問題が起きていないか確認する。背後でドアのひとつがギーッと音を立てて開き、ほどなくチチが寄ってきた。

シフトが終わるころなのにチチはだらだら居残っている。「あらなに、メイクしてるの？」

「そう」

「なにか特別な日？」

「ううん、たんに思い立って……」

「へえ、珍しいこともあるもんね。ファンデーションもしっかり塗ってるし！」

ウエットティッシュをバッグからつかみ取って、すぐその場でメイクをぜんぶ落としてしまいたかった。でもぐっとこらえる。

「はあ？」

「ねえ、恋人《アビ》でもできたの？」

「言ってもいいんだよ、友だちでしょ」チチに言えるわけない。話し終わらないうちに言いふらされてしまう。それにわたしたちは友だちでもなんでもない。チチはわたしを安心させようとにっこり微笑むけれど、どうも表情が顔立ちに合っていない。ひどいニキビを隠すために（もっとも、チチの思春期はわたしが生まれるずいぶん前に終わっている）、額と頬には明るすぎるコンシーラーが塗りたくられ、鮮やかな赤のリップが唇の縦じわにめり込んでいる。道化に微笑みかけられるほうがどれほどほっとするだろうか。

タデは九時に到着する。診療衣をはおる前なので、シャツの下に筋肉が透けて見える。じろじろ見ないようにしよう。フェミを連想してしまうけれど、深く考えないようにしよう。タデは真っ先に「アヨオラはどう？」とたずねる。以前ならわたしにどう？　と訊いてくれたのに。いい感じよ、と答える。タデはわたしの顔を物珍しそうに眺める。

「メイクしてるんだね、知らなかった」

「そういうわけじゃ。ちょっと新しいことをしてみようと思って……どうかな？」

タデはメイクをじっくり見て、難しい顔をする。

「そうだな、すっぴんのほうがいいかな。きれいな肌だし。ほんと、すべすべだよね」

なんと、わたしの肌を見てくれてたんだ……！

なるべく早いうちにメイクを落としてしまおうと思い、こっそりトイレに駆け込んだ。あろうことか、インカが洗面台の鏡の前で唇をすぼめていて、わたしはぎょっとする。音を立てずに数歩あとずさりしたところで、インカがこちらを振り返り、驚いて眉をあげた。

「どうしたの？」

「べつに。出ていくところ」

「入ってきたところじゃない……」

インカは目を細め、すかさず、もしやと思ったのか、じりじり近づいてくる。わたしのメイクに気づいたとたん、せせら笑いを浮かべる。

「あらあらなんと、とうとう〝すっぴん派〟も陥落ね」

「ちょっと試してみただけ」

「へえ、タデ先生の心を射止めようとして、かな」

「そんなんじゃない！　とんでもない！」

「やだ冗談よ。アヨオラとタデがくっつくのは時間の問題だもん。すごくお似合いよね」

「ほんと、そのとおり」

インカはにんまり笑う。嘲るような笑い。インカはわたしのそばをさっと通ってトイレをあとにした。わたしはずっとこらえていた息をふうと吐き出す。足早に洗面台に向かい、バッグからウエットティッシュを取り出して顔をこすった。いちばん厄介なところが拭き取れたら、水をすくって顔にパシャパシャかけ、メイクの残りも涙もぜんぶきれいに洗い流した。

ラン

わが家にまばゆいほど鮮やかなランの花束が届く。アヨオラ宛だ。アヨオラは身をかがめ、茎のあいだに添えられたカードを手に取り、顔をほころばせる。

「タデから」

タデの目にはアヨオラはこんなふうに映っているのだろうか。エキゾチックな美人として。でもどんなに美しい花でもしおれて枯れてしまうじゃない。そう考えて自分を慰める。

アヨオラは携帯を取り出し、メッセージを読みあげながらタイプする――「わたし、ほんとは、バラのほうが、すき」止めなければ。本気で止めないと。タデはどんなことをするにもじっくり考えるたちだ。花屋を訪れて、ひとつまたひとつと検討していき、品種や手入れについてあれこれたずね、じゅうぶんに情報を得たうえで決断したはず。わたしは数ある花瓶のなかから適当なものを選んで花を生け、センターテーブルに置いた。生真面目なクリーム色の壁とは対照的に花がリビングをぱっと明るくしてくれる。「はい、送信っと」

　タデはメッセージに戸惑い、失望し、傷つくだろう。でもやはりこの子とは合わないと悟って、ついに身を引くことになるかもしれない。

　正午きっかり、目を瞠《みは》るような赤と白のバラの花束が届く。アヨオラは布を買うために外出していたので、お手伝いはひとまずわたしに受けわたした。もちろん、二人とも贈り物の相手がだれか承知している。アヨオラに言い寄る男たちはしおれかけたバラを持参して、わが家のテーブルを美しく彩ってくれていた。でもこのバラは別物。みずみずしさにあふれている。甘ったるい香りを吸い込まないようにしよう。泣かないようにしよう。

　ママが部屋に入ってきて花に近づく。

「だれから？」

「タデ」と言う自分の声が聞こえる。アヨオラは留守だし、名前の入ったカードも開けていないのに。

「例のお医者さん？」

「そうよ」

「だけど今朝、ランを送ってくれたばかりじゃないの」

　わたしはふうとため息をつく。「そのとおり。で、こんどはバラなの」

　母はうっとりした笑みを浮かべ、頭のなかではすでにアショエビ（冠婚葬祭の場で親族が着る同じ布で作った服）を選び、結婚式の招待客リストの作成に取りかかっている。咲きほこる花に囲まれて空想にふける母を残し、自分の部屋にさがる。わたしのベッドルームがこれほど精彩を欠いているように見えるのははじめてだ。

その夜、アヨオラは帰宅すると、指先でバラを触り、写真を撮って、ソーシャル・メディアに投稿しようとしていた。そこへ改めて釘を刺す。恋人が行方不明になって一ヵ月が過ぎようとしているのよ、嘆き悲しんでいるのがふつうでしょ。アヨオラはふくれっ面をする。

「いったいいつまで、つまんなくて悲しいものばっかり投稿しなくちゃなんないのよ」

「無理して投稿しなくてもいいじゃない」

「いつまで、ねえ」

「一年てところかな」

「冗談じゃない」

「それよりも短ければ、まちがいなく人として恥ずかしいと思われるよ」アヨオラはわたしをじっと見つめ、すでに人として恥ずかしいと思われているのか探ろうとしている。近ごろ、なにをどう考えたらいいのかわからなくなった。フェミがつきまとって離れてくれない。断りもせず心のなかに踏み込んでくる。そして、わかった気になっていたことを疑うように仕向けられるのだ。できればそっとしておいてほしい。でもフェミの言葉、感情表現、それに美しさをとってみても、ほかの男たちとはまるでちがっている。アヨオラの態度もなんだかおかしい。その前の二回は、曲がりなりにも涙を流していたというのに。

バラ

まったく眠れない。ベッドに横になって、仰向けから横向きに、横向きからうつぶせにごそごそ動く。エアコンのスイッチを入れたり消したりする。とうとうベッドから出て部屋を離れた。家はひっそりとしていて、お手伝いですら眠り込んでいる。リビングに向かうと、まるで花が暗闇に抗《あらが》っているように見える。まずバラのほうに近づいていって花びらに触れる。一枚むしる。一枚、また一枚とどんどんむしっていく。時間がゆっくり流れ、ネグリジェ姿で突っ立ったまま花をむしり続ける。気がつくと足もとに花びらが散らばっていた。

朝になり、ママの悲鳴が耳に飛び込んでくる。夢のなかまで侵入してきてはっと目が覚めた。ブランケットを放り投げ、大慌てで踊り場に出る。アヨオラの部屋のドアが開き、二人でどたどたと階段を下りる。うしろでアヨオラがなにか言っている。頭痛が押し寄せる。昨晩、わたしは見事な花束を二つ、ずたずたにしたのだった。母は残骸《ざんがい》の前に立ちすくみ、だれかが家に押し入ったと信じ込んでいるようだ。

お手伝いが部屋に走ってくる。「表玄関の鍵は掛かったままです」と哀れっぽい声で母に告げる。

「じゃあ……いったいだれが……お前なの？」ママはお手伝いに怒鳴りつけた。

「まさか、そんなことするはずありません」

「それじゃあ、どうしてこんなことになったのよ」

わたしがここで口を開かなければ、ママはお手伝いがやったと決めつけてクビにするだろう。たしかに、ほかにだれがいるというのか。母は縮みあがっている子を罵っている。お手伝いの体がガクガク震えて、ビーズのついたコーンロウ（前頭部から後頭部にかけて編み込むヘアスタイル）も一緒に揺れる。わたしは唇をかむ。この子はなにも非難されるようなことをしていない。だからちゃんと率直に話さなければ。でもあのとき自分を襲った感情をどうやって説明すればいいのだろう。嫉妬を認めるべきだろうか。

「わたしがやったの」

　そう言ったのはわたしではなくアヨオラだ。

　喚いていたママは急に言葉を失った。「で、でも……どうしてそんな……」

「昨日の夜、タデと喧嘩したの。向こうがけしかけてきた。それでめちゃくちゃにしてやったってわけ。捨てちゃえばよかったね。ごめん」

　わかっているのだ。アヨオラはわたしが犯人だとわかっている。わたしは頭を垂れて床に散乱した花びらを見つめる。どうして放置してしまったのだろう。乱雑な状態があれほどいやなのに。母は頭を振って事態を理解しようとしている。

「もう謝ったのよね……だったらいいけど」

「もちろん、仲直りしたよ」

　お手伝いは箒《ほうき》を取ってきて、わたしの怒りの残骸をきれいに片付けてくれる。

　アヨオラとわたしはこのとき起こったことをいっさい話さなかった。

父

ある日、あの人はわたしを見下ろし、猛然と悪態をついていた。杖に手を伸ばした次の瞬間……がくんと崩れ落ち、ガラス製のコーヒーテーブルに頭をぶつけて床に倒れ込んだ。流れ出る血はテレビで見るような暗い感じではなく、もっと鮮やかな色をしていた。わたしは注意深く立ちあがり、アヨオラは身をひそめていたソファのうしろから出てきた。二人であの人の脇に立つ。自分たちがこんなふうに見下ろすのははじめてだ。わたしたちは生命が滲み出ていくのを見守った。最後に、わたしは睡眠導入剤で眠っている母を起こして、なにもかも終わったことを伝えた。

あれから十年がたつ。まもなく、あの人を讃え、生涯を記念する祝賀パーティーを開く予定にしている。そうしないと結局は答えにくい質問に直面することになるし、わたしたちは人をだますことにかけてはとことん完璧主義を貫いている。

「うちで催すのはどうかしら」ママはリビングに集まった気づまりな実行委員会に提案する。

タイウォおばさんは首を振る。「だめだめ、小さすぎる。弟には盛大なパーティーが必要よ」

さぞかし地獄では盛大に祝われているだろう。アヨオラはあきれた顔をしてガムをかみ、会話に入ろうとしない。タイウォおばさんはときおり心配そうにアヨオラのほうをちらちら見ている。

「じゃあ、おばさんはどこがいいと思うの」わたしは丁寧だがよそよそしい口調でたずねる。

「レッキ（ラゴス州の東部の都市）にすごくいい会場があるのよ」おばさんは名前をあげ、わたしは大きく息を吸い込む。

おばさんが出すと言った額ではああいう場所にかかる費用の半分もまかなえない。わたしたちには遺産に手をつけさせて、向こうは友だちにいいところを見せ、得意げに振る舞い、シャンパンをがぶがぶ飲むつもりにちがいない。あんなやつ、ほんとうは一ナイラにも値しないのだけれど、母は体面を保つために同意する。話し合いが終わり、タイウォおばさんはソファにもたれ、わたしたちに笑顔を向ける。「それで、あんたたち、だれかいい人いるの?」

「アヨオラはお医者さんとお付き合いしてるのよ!」ママは得意げだ。

「あら、それはいいわね。年をとってきたら競争は激しくなるのよ。若い子は本気も本気。妻から夫を奪っちゃうくらいだから!」かく言うタイウォおばさんもそういう女だ。出会ったときにはすでに家庭があった前州知事と結婚している。ドバイから戻ると必ずうちに立ち寄り、どうやらわたしたちに嫌われていることにも気づいていない。ほんとうに不思議な人。子どもがいないので、あんたたちは娘みたいなものよ、とことあるごとに繰り返す。こっちはそんなふうに思っていないのに。

「ほんと、もっと言ってやって。二人ともこの家にずっと居続けるつもりみたいなのよ」

「いい、男性って気まぐれなもの。望みどおりにしていると、なんでもやってくれる。つやつやのロングヘアを保つか良質なつけ毛にお金をかける。料理の腕をふるって家と職場に届ける。相手が友人と一緒にいるときに自尊心をくすぐり、友人を大切に扱う。相手の両親にひざまずき、特別な日には訪ねていく。こういうことをしていれば、あっさり指輪をはめてくれるはずよ」

母は訳知り顔でうなずく。「とてもいいアドバイスね」

もちろん、わたしたちはまともに取り合わない。アヨオラは男に不自由していないので手助けなど必要ない。わたしはといえば、倫理観を欠いた人物から人生指南を受けたりするはずない。

ブレスレット

タデが車で迎えに来る。金曜日の午後七時。タデは時間どおりだが、アヨオラはいつものように時間を守らない。まだシャワーも浴びずに、ベッドに大の字になって寝ころび、音声加工された猫の動画を見て笑っている。

「タデが来てるよ」

「早いね」

「もう七時過ぎ」

「ええっ！」

そうは言うもののまったく動こうとしない。わたしは下に行って、いま支度中だからとタデに知らせる。

「ああ、かまわないよ、急がなくていいから」

ママはタデの正面に座って、満面の笑みを浮かべている。わたしもソファに行って母のとなりに腰をおろす。

「ええと、なんでしたっけ？」

「ああそうなんです、不動産に力を入れてるんですよ。いとことイベジュ・レッキにアパートを建設していて、建つまであと三カ月ほどかかるのですが、なんとすでに五部屋の入居が決まっているんです！」

「すごいじゃない！」母は大声でそう言いつつタデを値踏みしている。「コレデ、お客さまになにかお出しして」

「なにがいいかしら？　ケーキ？　ビスケット？　ワイン？　それともお茶？」

「そんな気を遣ってもらわなくてもだいじょうぶだから……」

「なんでもいいからもってきなさい、コレデ」腰をあげてキッチンへ向かうと、お手伝いが『ティンセル』（二〇〇八年に放送が開始されたナイジェリアの人気テレビドラマシリーズ）を見ていた。お手伝いはわたしに気づいてさっと立ちあがり、食料棚をひっかきまわすのを手伝ってくれた。いろいろと食べ物を抱えて戻ったが、アヨオラはまだ姿を見せていない。

「これ、すごくおいしい」タデはケーキをひと口食べて思わず声を張りあげる。「だれが作ったの？」

「アヨオラよ」ママはすかさず言って警告するようにこちらをじろりと見る。つまらない嘘をつくもんだ。甘くて柔らかなパイナップルのアップサイドダウンケーキ。アヨオラは卵すら焼けない。スナックをあさりにくるか、強制でもされない限り、キッチンに入ることはまずめったにない。

「すばらしい」タデは幸せそうにもぐもぐ口を動かす。朗報にご満悦のようすだ。

　階段の正面に座っているので、わたしが最初にアヨオラに気づいた。タデはわたしの目線をたどり、体をねじって見ようとする。息を飲むのが聞こえる。アヨオラはその場で立ち止まり、賞讃の言葉を待っているようだ。身にまとったフラッパードレスは数週間前にスケッチしていたもの。ゴールドのビーズは見事に肌と調和している。ドレッドヘアはひとつに編んで長い束にまとめられ、右肩に垂らされている。あんなに高いヒールを履いていたら、普通はとっくに階段から転げ落ちているはずだ。

タデはゆっくり腰をあげ、階段の下にアヨオラを出迎えにいく。スーツの内ポケットから長いベルベットの箱を取り出した。

「きれいだよ……これ、きみに」

アヨオラは贈り物を受け取って箱を開く。にっこり微笑むと、母とわたしにも見えるように、ゴールドのブレスレットをもちあげた。

時間

ハッシュタグのトレンドは「#フェミ・デュランドを捜しています」から「#ナイジャ・ジョロフVSケニア・ジョロフ」に移っていった。人は恐ろしい話に引かれるかもしれないが、関心は長くは続かない。そんなこんなで、フェミの失踪事件のニュースはどちらの国のジョロフ・ライス（主に西アフリカで食される炊き込みご飯）がおいしいかという話題によってすっかりかすんでしまった。それになにより、フェミはそろそろ三十歳になる。もう子どもじゃない。いろいろとコメントがあった。うんざりしてラゴスを出ていったんじゃないか。ひょっとすると自ら命を絶ったのかもしれない。

フェミへの関心を薄れさせたくないと、姉がブログ

www.wildthoughts.comから詩を転載しはじめた。わたしはついつい読んでしまう。フェミは才能に恵まれている。

ぼくは静寂を
きみの腕のなかで見つけた
ささいなことを探し求める
日々
きみはがらんどう
ぼくは満たされ
すっかり溺れている

この詩はアヨオラのことを言っているのだろうか。もしフェミがわかっていたら——。

「なに見てるの?」

ノートパソコンをパタンと閉じる。アヨオラはベッドルームのドアを背にして立っている。わたしは目を細めて妹を見る。

「ねえ、もう一度、フェミとなにがあったのか話して」

「なんで?」

「ちょっと興味があって」

「話したくない。思い出すと気分が悪くなるもん」

「手を出されそうになったって言ってたよね」

「そう」

「つまり、つかみかかってきた?」

「そうよ」

「で、逃げようとしたの?」

「うん」

「でも……背中に刺し傷があったよ」

アヨオラはため息をつく。「怖くなって、それからまあ、腹が立ったってわけよ。よくわかんないけど」

「どうして怖かったの?」

「脅してきたんだよ。そう、殴るぞとかなんとか言って。追い詰められたの」

「でもどうして？　どうしてフェミはそんなに怒ってたの？」

「うーん……思い出せないな。たぶんだけど、携帯に男の人からメッセージが来てるのを見たんじゃなかったかな。それでぶち切れた」

「じゃあ、追い詰められて、それからどうやってナイフを取った？　バッグのなかにあったんだよね？」

妹は言いよどむ。「えっと……ちょっとわかんない……なにもかもぼんやりして曖昧《あいまい》なの。できるものならなかったことにしたい。ぜんぶなかったことに」

患者

「あの子のこと信じたい。正当防衛だったって信じたいよ……。最初のときは、わたしだって頭に血がのぼるほどだった。ソントのことはまちがいなく身から出た錆《さび》だって思う。ほんとに……下品なやつだった。いつも舌なめずりして、いつもあの子を触ってた。あるときなんて、アソコをぼりぼり搔いてたんだから」

ムフタールはぴくりとも動かない。タマを搔いたところで罪にはならないよ。そう答えてくれるのを想像する。

「そうね、もちろん罪じゃない。でもやつの性質そのものなのよ。なんというか、すべてが……ともかく下品で、なにもかも汚らしくって、あの子が言っていたことはぜんぶ正しいってやすやすと信じてしまえる。ピーターも……うさんくさい男だった。〝ビジネス〟をしてるなんて言って、いつも質問を質問で返すようなやつよ」わたしは背中を反らして目を閉じる。「こういうたぐいの連中はだれからも毛嫌いされる。でもフェミは……あの人はどうもちがうのよね……」

どうちがっているというのか、とムフタールは首をひねる。しょせん、ソントやピーターと同じでアヨオラの容姿に夢中になっていただけじゃないのかね。「だれもがあの子の容姿に夢中になるのよ、ムフタール……」

わたしはそうじゃないが、とムフタールが反論するので、思わず吹き出してしまう。「あの子に会ったことないでしょ」

なんの前触れもなくドアが開き、椅子から跳びあがる。タデが病室に入ってくる。

「ここにいると思って」タデは意識不明のムフタールの体に視線を落とす。「この患者さんのこと、心底気遣っているんだね」

「ご家族が以前ほど面会にいらっしゃらないの」

「ほんと、せつないね。でもそれが世の常なのかも。大学教授だったらしいね」

「いまもそう」

「えっ？」

「いまも教授。教授〝だった〟って過去形で言ったから。亡くなってないのよ。とにかく、いまのところは」

「そうだ！　そのとおり。ごめん。悪かったね」

「で、わたしを探してたんだっけ」

「ああ……アヨオラから連絡がないんだ」わたしは椅子に深々と腰かける。「何回か電話したんだけど出てくれない」

正直言って、ちょっと決まりが悪い。ムフタールにはまだアヨオラとタデのことを報告していなかったのだ。同情してくれているのがひしひしと感じられる。上長居する気もなくなった。

恥ずかしくて赤面してしまう。

「電話をかけ直すのが苦手みたい」

「それはわかってる。でも今回はどうもおかしい。二週間も口をきいてないんだよ……ねえ、アヨオラと話してもらってもいいかな。なにか悪いことをしたのか訊いてほしいんだ」

「巻き込まれたくないのだけど……」

「お願い、ぼくのためだと思って」タデは身をかがめてわたしの手を取り、胸に引き寄せてそっと押さえた。

「頼む」

きっぱり断ればよかった。それなのに、わたしの手にタデの手の温もりが伝わってめまいを感じ、知らぬ間にうなずいていた。

「ありがとう。この借りはきっと返すよ」

そう言って、タデはムフタールとわたしをまた二人きりにして出ていった。ばかばかしくなって、これ以座り、ドレッドヘアの手入れをしている。わたしはそのうしろに立ち、こぶしを握ったり緩めたりしている。

「アヨオラ、刑務所に入ることになったら――」

「刑務所に入るのは罪を犯した人だけ」

「まずそれはまちがっているし、それにあんた、人を殺してるじゃない」

「正当防衛よ。判事だってそう判断するでしょ」アヨオラは頬にチークをのせる。この子はすべてが必ず自分の思いどおりになる世界に生きている。重力の法則のように確かな法則だ。

アヨオラには黙ってメイクをさせておき、階段の上に腰をおろして額を壁につける。頭のなかで嵐の気配を感じる。壁はひんやりしていると思ったが、暑い日なので心地良くはない。

心配でどうしようもなくなったらムフタールに胸の内を明かしている。でもムフタールは病院にいて、ここには不安を分かち合ってくれる人はいない。母に真

清掃業者

フェミの家族は家を売りに出すため清掃を依頼した。たぶん前を向こうとしてのことだろう。ところが、清掃業者がソファのうしろで血のついたナプキンを発見した。それがスナップチャットにしっかり投稿されて、フェミに起こったことがなんであれ、自ら進んでやったのではないとだれもが知ることになった。家族は再び事件の解決を求めている。

あそこに座ったかもしれない、とアヨオラは言う。ソファを汚さないためにナプキンを置いて、そのまま忘れてしまったのかも……。

「だいじょうぶだってば。もし訊かれたら、フェミが鼻血を出したって言うから」アヨオラはドレッサーに

実を打ち明けたらどうなるだろうと何度も何度も想像する。

「ママ……」

「うん」

「アヨオラのことで話があるの」

「また喧嘩？」

「ちがうの。あのね……あの、フェミといざこざがあって」

「行方不明の男の子のこと？」

「それがね、行方不明じゃなくて。死んでるの」

「ええっ！！！　ジェース、サーヌフンワオー！」

「うん……ええと……でね、殺したのはアヨオラなの」

「なんてこと言うの？　どうして妹に罪を着せたいわけ？」

「電話で呼び出されて。あの人……あの人の死体を見たの。血も見たんだよ」

「おだまり！　そんな冗談を言うようなことじゃないでしょ」

「ママ、わたしはただ……」

「おだまり、と言ったでしょ。アヨオラは美しくて、性格もすばらしいわ。そうでしょ？　そんな恐ろしいことを言うなんて、あの子に嫉妬してるのね？」

だめだ、母を引き入れたところでどうにもならない。ひどく苦しめるだけだ。というより、母はどんな可能性もきっぱり否定するはず。死体を埋めてほしいと頼まれたとしても現実を認めないだろう。そのうえでわたしを責める。だってわたしは姉だから。アヨオラに対して責任があるから。

　これまでだってずっと同じ。アヨオラがグラスを割ったら、飲み物を与えたわたしが責められる。アヨオラが単位を落とすと、わたしが指導を怠《おこた》ったからだと非難される。アヨオラがリンゴを手に取り、支払いをせずに店を出ると、お腹を空かせたままにしたからだとわたしのせいにされる。

アヨオラが捕まったらどうなるだろう。こんどばかりは犯したことの責任が問われるとしたら。どんなに巧みな話術で切り抜けようとしても有罪を宣告されてしまうとしたら。想像すると気分がすっとした。しばらく堪能してから、どうにかこうにか妄想を振り払う。なにがどうあれ、あの子は妹なのだ。刑務所なんかで腐ってほしくない。それにアヨオラはどんなときでもアヨオラのままなのだから、法廷を説き伏せて無罪を勝ち取るだろう。あの子がやったことはぜんぶ被害者のせい。状況を考えれば、理性的で魅力的な人ならみんな同じことをする。そんな結論になるはずだ。

「お姉さん」

わたしは顔をあげる。お手伝いが水の入ったグラスをもって目の前に立っている。水をもらって額に押しつける。グラスはキンキンに冷たく、わたしは目を閉じて、ため息を漏らす。ありがとうと言うと、お手伝いは来たときと同じようにそっと去っていった。

頭がガンガンする。激しく、けたたましく、ガンガン鳴っている。目を覚ましたくなくて、うめきながら寝返りを打つ。わたしは服を着たままベッドに横になっている。あたりは暗い。ガンガンいっているのは頭のなかの音ではなく、ドアをたたく音だった。体を起こして、強い痛み止めの効き目になんとか抗おうとする。ドアのほうに歩いていって鍵を開けた。アヨオラがわたしを押しのける。

「もうやだやだサイアク。見られてたのよ!」

「どういうこと?」

「ほら!」顔の前に差し出された携帯を受け取る。スナップチャットが開かれていて、流れている動画にはフェミの姉の顔と肩が映っている。メイクは完璧なのに憂鬱《ゆううつ》な表情をしている。

「ねえみんな聞いて。ご近所さんが名乗り出てくれたの。たいしたことないと思っていままで黙ってたけど、血のことを聞いて知っていることを洗いざらい話したい、って。あの夜、二人の女が弟のアパートを出ていくところを目撃したんだって。いい、二人よ！　はっきり見えなかったらしいのだけど、ひとりはまちがいなくアヨオラ、弟が付き合っていた子だって言うのね。でもアヨオラは一緒にいた第二の女のこと、話してなかった。……なんで嘘つくんだろう？」

冷たいものが体を駆け巡る。

アヨオラはふと思い出したように指を鳴らした。

「そうだ、わかった！」

「なによ？」

「わたしに隠れてお姉ちゃんがあいつとやってた、って言うのよ」

「はあ!?」

「わたしが部屋に入っていったら二人にばったり、その場であいつを振って、お姉ちゃんはわたしについて外に出た。でもわたしは人を悪く言うのがいやだから黙ってた。たとえその人が……」

「信じられない」

「ね、お姉ちゃんの印象が悪くなっちゃうけど、この際、しょうがないよね」

わたしは頭を振って携帯を返し、いますぐ出ていくようドアを開ける。

「わかった。わかったよ。……じゃあ、こういうのはどうかな。お姉ちゃんはあいつに二人の仲を取りもってほしいとお願いされて訪ねてきた。わたしは別れたかった、でも向こうは思いとどまるよう説得してもらえると考えてた……」

「じゃあ……こんなのは？　フェミはあんたと別れたがっていた。あんたはわたしに仲を取りもってほしいと思ってたけど、恥ずかしくて言えなかった」

アヨオラは唇をかむ。「でもそんな話、信じてもらえるかな？」

「出てって」

バスルーム

部屋でひとりになって、うろうろ歩きまわる。

フェミの両親には警察の関心とプロ意識を呼び覚ますだけの財力がある。それにいまでは、不安や動揺にもれっきとした根拠がある。必ず事件の解決を求めるだろう。

成人してからはじめて、あの人がいてくれたらと思った。きっと話は早かったはず。あの人ならいつどんなときも、しっかり状況を把握していただろう。娘が重大な過失を犯したからといって、自分の名声が傷つけられるわけにはいかない。何週間も前にすべてをなかったことにしていたはずだ。

とはいうものの、あの人が生きていたら、アヨオラがこんなことに手を染めていたとは思えない。アヨオラが唯一恐れていたのはあの人の懲罰だったから。

ベッドに腰かけて、フェミの死んだ夜のことをじっくり考えてみる。二人は喧嘩したかなにかで、アヨオラはナイフをつかんだ。なにしろ、あの子はタンポンのようにナイフをもち歩いている。アヨオラはフェミを刺し、バスルームを離れてわたしに電話する。ナプキンをソファに敷いてその上に座る。わたしの到着を待つ。わたしが来て、二人で死体を動かす。あの瞬間がもっとも無防備だった。おそらく死体を運んでいるところはだれにも見られていない。でも一〇〇パーセントの確信はない。

わたしの部屋のなかには場違いなものはないし、片付けるものも掃除するものもない。机にはノートパソコンがあり、充電器のコードはきっちり巻きあげて結束バンドで留めてある。ソファはベッドの正面にある。座面にモノはなく、すっきりきれい。いつも服の型紙や色とりどりの布地が散乱しているアヨオラの部屋のソファとは大ちがいだ。ベッドはきちんと整えて、シーツはしっかりたくし込んである。衣装棚はぴったり閉じて、衣類は色別にしてたたむものと掛けるものに分けてある。それはさておき、バスルームはどれほど掃除してもじゅうぶんではない。わたしは袖をまくって、バスルームへと向かう。洗面台の下の戸棚には、汚れや病原菌を撃退するのに必要なものがすべて揃っている——ゴム手袋、漂白剤、消毒シート、消毒スプレー、スポンジ、トイレ用洗剤、万能洗剤、多目的洗剤、ケース付きトイレブラシにラバーカップ、防臭ゴミ袋。わたしはゴム手袋をはめて、多目的洗剤を取り出す。少し考える時間が必要だ。

事情聴取

アヨオラへの事情聴取のために警察が送り込まれてきた。フェミの家族はいい顔をするのをやめたのだろう。警官が家に訪ねてきて、わたしは母に軽食を出すよう言われる。

数分後、アヨオラ、ママ、わたしの三人、そして二人の警官がテーブルを囲む。二人はケーキを食べて、コーラを飲み、食べかすを飛ばしながら、いろいろと質問を投げかける。若いほうは椅子にぎりぎりおさまるかどうかという胴回りをしているのだが、何日も食べていないみたいに口いっぱいほおばっている。

「それで家に呼ばれたというわけですね」

「そうです」

「そのあと、お姉さんが来たと」

「そうねぇ」

「はいかいいえで、お願いしますよ」

「はい」

答えるときは簡潔かつ単刀直入に、なるべく嘘をつかず、相手の目をしっかり見るように。アヨオラにはあらかじめそう言っておいた。

警察が来ると聞いて、わたしは急いでアヨオラを父の書斎に引っ張っていった。本や思い出の品々はなく、机と肘掛け椅子とラグだけが残されたかび臭い部屋。薄暗かったのでカーテンを開けた。明るい光が差し込み、あたりで埃が舞っているのが見えた。

「なんでここに連れてきたのよ」

「話があるから」

「ここで？」そう、ここにはアヨオラの気を散らすものがまったくない――横になるベッドもなければ、目を引くテレビもないし、あれこれいじくるものもない。

「座って」アヨオラは眉を寄せたがおとなしく従った。

「最後にフェミに会ったのはいつ?」

「は!? わかってるじゃない、いつだなんて――」

「アヨオラ、こういう質問に備えなければいけないの」アヨオラは目を見開いてにんまり笑い、椅子にもたれかかった。

「うしろにもたれちゃだめ。落ち着いていると思われたくないでしょ。やましいところがなくても緊張するものよ。どうして殺したの?」アヨオラから笑顔が消えた。

「そんなことほんとに訊かれる?」

「カマをかけてくるかもしれない」

「殺してないわ」わたしの目をまっすぐ見つめてそう言った。

そうだった。相手の目を見るように、なんて言う必要なかった。こういうことにかけて、この子はプロ級なのだから。

若いほうの警官が顔を赤くする。「どれくらいの付き合いだったのですか」

「一カ月」

「そう長くはないですね」

アヨオラは黙っている。わたしは誇らしく思う。

「それなのに相手は別れたがっていた」

「うーんそうねぇ」

「向こうが――あなた《アビ》と――別れたがっていた。ほんとにそうですか? ねえ、逆じゃありませんか?」

アヨオラは正しかったのだろうか。男のほうから進んで去るなんて考えにくいのに、怒り狂っていたせいで、うっかり矛盾を見逃していたのかもしれない。いまこの瞬間でさえ、アヨオラのそばにいるだけでだれだって存在感が薄れてしまう。グレーのブラウスに紺のズボンのシンプルなかっこうをして、眉を描いている以外はノーメイク、アクセサリーもつけていない。そのせいかいつもより若々しく、みずみずしく見える。警官に微笑みかけるたびに深いえくぼが現れる。

　わたしは咳ばらいをする。お願い、気づいて。

「どちらが別れたいと思ったかなんて重要でしょうか」

「あなたが別れたかったのなら理由を訊かなくてはなりません」

　アヨオラはため息をつき、両手をもみ合わせる。

「彼のこと、大切に思っていましたよ。でも、タイプじゃなかったんですよね……」妹は職業をまちがえているようだ。カメラの前に立ち、ライトに煌々《こうこう》と照らされて、無実が演出されるほうがいい。

「ではあなたのタイプとは？」若いほうがたずねる。

「それで、お姉さんが仲裁に来てくれたということですか？」先輩がすかさず口を差し挟む。

「そうです。姉が助けに来てくれました」

「で、お姉さんは？」

「姉がなんですか？」

「お姉さんは助けてくれました？　仲直りできたのですか？」

「いえ……わたしたち、終わってしまいました」

「それから、あなたとお姉さんは部屋を出て、彼ひとりが残った」

「うーん」

「はいかいいえで」

「ちゃんと答えてるじゃないの」とママが割って入る。また頭痛が押し寄せてくる。いまは過保護な母熊の茶番に付き合っている場合ではない。聴取がはじまってからほぼずっと自制していたのに、また出しゃばりだした。母にはなにもかもが意味不明だろう。アヨオラは母の手にそっと触れる。

「だいじょうぶよ、ママ。この人たちは務めを果たしているだけ。さっきの質問ですが、はい、そのとおりです」

「恐れ入ります。お二人が家を出たとき、彼はなにをしていましたか?」

アヨオラは唇をかみ、上を向いて右を向く。「玄関先までわたしたちを見送って、背後でドアを閉めました」

「怒っていました?」

「いえ、あきらめたような感じでした」

「あきらめ、ですか?」

アヨオラはふうとため息を漏らす。疲労と悲しみが絶妙に混ざり合っている。全員の注目を浴びるなか、アヨオラは指で毛束をくるくるまわしている。「つまり、もうどうにもならないって悟ったんですよ」

「コレデさん、妹さんの見方に異論はありませんか?デュランド氏は運命を受け入れたのでしょうか?」

わたしはバスルームの床になかば横たわり、なかば座った死体、染み出る血を思い浮かべる。フェミは運命を受け入れるどころか、理解する時間すらなかったのではないか。

「きっと不満に思っていたでしょうね。ですが、なにをやっても妹の気持ちは変わりませんから」

「その後、お二人は車で帰宅した?」

「そうです」

「同じ車で、ですか?」

「はい」

「コレデさんの車で?」わたしは太ももに爪を食い込ませ、目をしばたたく。どうして車のことがそんなに気になるのだろう。ひょっとしてなにか疑っているのだろうか。死体を運んでいるのを見られたのか。注意を引かないようにゆっくり呼吸をする。そんなはずはない。だれにも見られていなかった。人体の形をした荷物をあちこち動かしているところが目撃されていたら、こんなふうに自宅で快適に事情聴取を受けられるわけがない。やはり警察はわたしたちを疑っていなかった。おそらくこの聴取の裏には金銭のやり取りがある。

「そうです」

「アヨオラさんはどうやってデュランド氏の家に向かったのですか」

「運転するのが嫌いなのでウーバーを呼びました」

二人はうなずく。

「コレデさん、車を見せていただいてもよろしいですか」

「なんのためです」と母が口出しする。わたしのことも守らなくてはいけないと思ってくれているらしい。感動してしかるべきだ。にもかかわらず、わたしは母がなにも怪しまず、なにもわかっていないことに腹が立ってしかたない。母の手はきれいなままなのに、どうしてわたしの手だけがどんどん汚れてしまうのか。

「いえね、ただ念には念を入れておきたいだけですよ」

「どうしてこんな目にあわなければならないの。娘たちはなにも悪くないのに！」母は椅子から立ちあがって、見当ちがいだけれど胸が熱くなる弁護を繰り広げる。年上の警官は顔をしかめ、大理石の床に椅子を引きずって腰をあげ、後輩を肘でつついてあとに続くよう合図する。このまま流れに任せておいたほうがいいのかもしれない。たしかに潔白な人こそ憤慨するものだから。

「奥さん、ちょっと確認させてもらうだけですから——」

「もうじゅうぶんでしょ。どうぞお引き取りください」

「それなら必要な書類をもってまた来ますよ、奥さん」

なにか言わなければと思うが言葉が出てこない。身がすくんで動けない。トランクの血のことで頭がいっぱいだ。

「帰ってくださいと言いましたよ」母は強く言ってドアまでつかつか歩いていく。警官たちは従うしかなく、アヨオラに軽く会釈して家を出る。ママは二人が出ていったあとにドアをバタンと閉めた。「あのバカ者たち、信じられないわよね、まったく！」

アヨオラとわたしはなにも反応しない。どちらも、次にどうしたらいいのか考えている。

血液

二人は翌日戻ってきて車——わたしのシルバーのフォード・フォーカス——をもっていった。わたしたち三人は玄関先に立ち、腕を組んで車が走り去るのを見ている。めったに訪れない地域の警察署に運ばれていき、犯してもいない犯罪の証拠がないか徹底的に調べられる。ところが、アヨオラのフィエスタは家の敷地で満足そうにしている。わたしは白のハッチバックにじっと目をやる。洗車したばかりのような光沢のある外観。血で汚れたこともない。

わたしはアヨオラのほうを向く。

「通勤のときに車を借りるよ」

アヨオラは眉をひそめる。「でも昼間に用事があったらどうすればいいの」

「ウーバーを呼んだらいいじゃない」

「コレデ」とママはおもむろに切り出す。「わたしの車を使えば？」

「マニュアル車は運転したくないもん。アヨオラの車でいいよ」

どちらにも口を開くすきを与えず、家に戻って自分の部屋に向かう。手が冷えきっているのでジーンズにこすりつける。

あの車はきれいに掃除してある。それこそ隅から隅までくまなく掃除した。もし一点の血でも見つかったとしたら、調べている最中にだれかが出血したとしか思えない。アヨオラがドアをノックして入ってくる。わたしは気にせず箒を取って床を掃く。

「ねえ、怒ってるの？」

「べつに」

「うそばっかり」

「車がないのがいやなの。それだけ」

「わたしのせいね」

「ちがう、フェミのせいよ。わたしのトランクで血を流したんだから」

アヨオラはため息をついてベッドに腰をおろし、わたしが〝出ていって〟という表情をしても意に介さない。

「悩んでるのはお姉ちゃんだけじゃないってば。自分ひとりが重荷を背負ってるみたいな態度だけどさ、わたしだって心配なんだよ」

「へえそうなの？　こないだ、『アイ・ビリーブ・アイ・キャン・フライ』（アメリカのR&Bミュージシャン、R・ケリーの一九九六年のヒット曲）を歌ってたじゃない」

アヨオラは肩をすくめる。「いい歌だからね」

大声で罵ってやりたいところをがまんする。妹はますますあの人に似てきた。悪事をはたらいた直後に模範市民のように振る舞える。あの人はそんな人間だった。そもそも悪いことなど起きていないと言わんばかり。やはり血、なのだろうか？　でもあの人の血はわたしの血、わたしの血はこの子の血でもある。

父

アヨオラとわたしはアショエビを着ている。こういう会合の際には、おそろいのワックスプリントの衣装を身に着けるのが習わしだ。アヨオラが色を選んで、深いパープルのアンサンブルにした。パープルを嫌っていたあの人にうってつけの選択だろう。デザインを手がけたのもアヨオラ。わたしには高い身長を引き立てるマーメイドドレス、自分にはセクシーさを強調するタイトなドレス。わたしたちはサングラスをかけて、一滴の涙もない目をごまかした。

母は教会で深く腰を折って泣きじゃくっている。体を揺らしながら、大きく、迫力のある声をあげて。いったいなにを思ったらこんなに涙を流せるのだろう。

自分の弱さを嘆いているのか。それとも、ただ自分と娘たちが受けた仕打ちを思い出しているのだろうか。

通路に視線を走らせるとタデが座る場所を探している。

「タデを招待したの？」とわたしはささやく。

「話をしただけ。自分で勝手に来たんでしょ」

「サイアク」

「どこがいけないの？　タデにやさしくしろって言ったじゃない」

「ちゃんとしなさい、って言っただけでしょ。これ以上ごたごたに巻き込めなんてひとことも言ってない」母につねられてわたしは口をつぐむ。でも体は震えている。だれかが肩にそっと手を置く。感極まっていると思われたのだろう。たしかにそうとも言える。でもちがう種類の感情だ。

「目を閉じて思い出にふけりましょう。彼がわれわれと過ごした年月はまさしく神からの贈り物でした」牧師は低く厳粛な声を響かせる。あの人のことを知らないのだから、こんなことはわけなく語れてしまう。ほんとうのところ、どういう人物なのかだれもわかっていなかった。

わたしは目を閉じて、どんな力がはたらいているのかは知らないけれど、とにかくあの人の魂が囚《とら》われていることに感謝の言葉をつぶやく。アヨオラはわたしの手を探している。わたしはその手をぎゅっと握った。

礼拝が終わると、参列者がわたしたちのもとへ歩み寄り、哀悼の意を表して幸運を祈る。女性がわたしに近づいてきた。抱き締めて放してくれない。そして小声で話し出す。「お父さまは立派な方でした。いつも電話をかけてきて、わたしのことを気遣ってくださり、学費の支援をしてくださいました……」ラゴスのあちこちの大学に愛人がいたのですけどね、などと言いそうになった。ずいぶん前にその数も数えきれなくなっていた。あるとき、あの人に言われた。牛は餌を与えてから屠《ほふ》るもんだ。それこそ生命の道理だ、と。

わたしは「そうですね、かなりの額を払っていました」とだけ答える。金がありさえすれば、男にとって女子学生など、クジラにとってのプランクトンと同じ。女性はわたしに微笑み、感謝の言葉を口にして去っていった。

パーティーは予想どおりのものだ。知人はほんの数人で、だれだか思い出せない人ばかり。それでもわたしたちは笑顔を振りまく。わたしは自分の時間ができると、外に出てもう一度警察署に電話をかけ、いつ車を返してくれるのかとたずねる。またも素っ気なくあしらわれる。なにかあったのなら、もう見つかっているでしょ。ところが、電話の向こう側にいる男性はわたしの論理が気に入らないらしい。

ほどなく、ダンスフロアにいるタイウォおばさんのもとへ戻る。おばさんは最新のヒット曲に合わせて最新のステップで踊れるところを見せつけている。アヨオラは自分の気を引こうとして競い合う三人の男性の中心に座っている。タデが帰ったあとだったので、自分こそが永久にその座を奪ってやろうという望みをかけているのだ。タデは男性の手本のようにずっとそばに寄り添って、支えになろうとしてくれていたのだが、アヨオラはあっちこっちせわしなく動きまわり、注目を浴びていた。タデがわたしのものだったら、ぜったいに離れたりしないのに。わたしはアヨオラから視線を逸らし、チャップマン（ナイジェリアでよく飲まれるノンアルコール・カクテル）をすする。

マガ

「お姉さん、男性のお客さまがお見えです」

　アヨオラはわたしの部屋にいてノートパソコンで映画を見ている。自分の部屋でも見れるのに、なぜだかいつもわたしのところに来たがる。アヨオラは顔をあげてお手伝いを見る。わたしはとっさに姿勢を正す。きっと警察だ。両手が冷たい。

「だれ？」

「わかりません」

　アヨオラはベッドから起きあがって、不安なまなざしを投げかける。わたしもあとについて部屋を出る。男性がソファに腰をおろしている。見たところ警察でもタデでもない。手にバラの花束をもった見知らぬ人。

「ボイェガじゃない！」アヨオラが階段を駆け下りていくと、男性は片腕で抱きとめてぐるりとまわした。そしてキスをする。

　ボイェガは背が高く、腹が突き出ている。顔は丸く、顎ひげをたくわえていて、目は小さく鋭い。アヨオラより少なくとも十五年は人生経験が長いように見える。目を細めて眺めると魅力がわかるのかもしれない。それより、まずブルガリの腕時計とフェラガモの靴に目がいってしまう。ボイェガがこちらを向く。

「どうも」

「ボイェガ、姉のコレデよ」

「やあコレデさん、お会いできてうれしいです。アヨオラが言っていますよ、いつも面倒をみてもらってるって」

「それは失礼しました。こちらはボイェガさんのことをまったくうかがっていなかったもので」

　わたしが冗談でも言っているみたいにアヨオラは笑

い、手首を軽く振ってはねつける。

「ボイェ、電話してくれればよかったのに」

「きみはサプライズが好きだからね。ちょっと街に寄ったんだよ」ボイェガが顔を近づけ、二人はまたキスをする。わたしは吐き気がするのを懸命にこらえる。

アヨオラは花束を手わたされ、わあと気の利いた猫なで声をあげる。タデが贈ってくれたバラに比べると見劣りするけれど。「連れ出してもいいかい」

「いいわ。じゃあ着替えなきゃ。コレデ、ボイェの相手をしていてくれない？」わたしが断るすきもなく、アヨオラは急いで二階に戻っていった。それでも頼みを無視してあとに続く。

「そういえば、コレデさんは看護師さんですよね」ボイェはわたしのうしろ姿に声をかける。わたしは足を止め、ため息をつく。

「ところで、ご結婚されているのですね」とわたしは切り返す。

「え？」

「薬指ですよ。指輪をしている箇所の色がほかより薄くなっています」

ボイェは首を振って笑う。「アヨオラは知っています」

「ええ、そうでしょうね」

「大事にしているんです。アヨオラにはなんでも最高の物をもっていてもらいたい。ファッションのビジネスをはじめる資金も出しましたし、授業料も払いましたよ」

あっけにとられてしまう。アヨオラは自分で資金を調達したと言っていた。ユーチューブの収益があるから、と。しかも、お姉ちゃんにはビジネスのセンスがないのよ、と神妙な面もちでわたしに説教すら垂れた。この男が語れば語るほど、自分がマガだと、いともたやすくだまされる間抜けな人間だと思えてくる。ボイェガが問題なのではない。たかだかもうひとりの男、アヨオラに利用されるまたべつの男であるだけだ。どちらかといえば同情に値する。わたしたちは似た者どうしだと教えてあげたい。ボイェはこれまでいかにアヨオラに尽くしてきたか、得々と話す。対して、わたしは自分がしてきたことに憤《いきどお》りを感じている。そんなわけで仲間意識が芽生えたし、いいかげん黙ってもらいたくもあって、ケーキを勧める。

「いいですね、お願いします。ケーキは好物なんですよ。お茶もいただけますか」

わたしはうなずく。前を通り過ぎようとするとボイェはウインクをした。

「コレデさん」とボイェガは言って、いったん言葉を切る。「どうか、お茶に唾《エジョー》を吐かないでくださいよ」

お手伝いに必要な指示を出すと、キッチンを抜けて裏階段を駆けあがり、アヨオラを問い詰めにいく。アヨオラは下まぶたにアイラインを引いているところだ。

「なんなのよ、いったい」

「これだから話してなかったの。すぐに批判するでしょ」

「ほんとなの？　ファッションコースの授業料を払ってもらったって聞いたんだけど。自分でお金を作ったって言ってたじゃない」

「スポンサーを見つけたってこと。同じようなものだよ」

「じゃあ、その……タデはどうなのよ」

「知らなければ傷つかないでしょ。それに、人生でちょっとくらい刺激を求めてなにが悪いの？　タデってときどきすごく退屈だし。なにより重いし。まじで《アベッグ》、ちょっと気分転換したい」

「どうしたっていうの？　いつになったらやめるのよ!?」

「やめるって、なにを？」

「アヨオラ、あの人に帰ってもらって。でなければ、ほんとにわたし――」

「どうするって?」アヨオラは顎をあげて、わたしをまじまじと見つめる。

　わたしは結局なにもしない。脅し文句を口にして、言うことを聞かなければ、今回ばかりは自分ひとりで後始末をしてもらうから、と怒鳴りつけてやりたい。喚き散らし、罵声を浴びせてやりたい。でもきっと壁に向かって叫ぶことになるのだろう。わたしは憤然と部屋を出ていき、自室に駆け込む。三十分後、アヨオラはボイェガと一緒に家を出ていった。

　アヨオラは午前一時まで帰ってこなかった。

　わたしは午前一時まで眠れなかった。

父

　父の帰宅が遅くなるのはよくあることだった。でもあの夜のことは忘れられない。父はひとりではなく、黄色っぽい肌の女と腕を組んで家に戻った。ママの叫び声が聞こえて、わたしたちは部屋から飛び出した。すると階段の踊り場で三人が対峙《たいじ》していた。母はキャミソールとラッパー（図柄がプリントされた一枚布）といういつものナイトウェアを身に着けていた。

　母は父に声を荒らげたことなど一度もなかった。でもあの夜はまるでバンシー（アイルランドとスコットランドの伝承に出てくる妖精、人の死を予言して泣き叫ぶ）さながらだった。ヘアバンドでまとめてもいないし、抑えつけてもいないぼさぼさの髪の毛がいっそう狂気を感じさせた。母はメドゥーサとなり、目の前の二人は彫像のように身じろぎもしない。母は父の腕から女を引き剝がした。

「エバミオ！　ショフェーバレミジェ？　ショフェーイミロリニ？　オルワコジュスィミ！（助けて！　わたしの家を壊したいの？　わたしを狂わせたいの？　神はわたしに味方してくれる！）」母は夫に怒鳴っているわけではなく、闖入《ちんにゅう》者に怒りを爆発させていた。わたしは目に涙を浮かべながら母にしーっと言った。母が愚かしくもなりふりかまわず取り乱しているのに、父は堂々として顔色ひとつ変えない。そんな場面がありありとよみがえる。

あの人は冷淡に自分の妻をにらみつけていた。「いいかげんに黙らないと痛い目にあうぞ」断固とした口調だった。

わたしの横ではアヨオラが息をひそめていた。父は必ず脅しを実行に移す。母はそんなこともすっかり忘れて、激しい言い争いを続けていた——あのとき相手の女性は大人に見えたけれど、せいぜい二十歳そこそこだったのではないかと思う。母は父の軽率な行為の数々に気づいていたはずだ。それを家のなかにもち込まれることが耐えられなかったのだろう。いまなら理解できる。

「放してよ！」と女性は叫び、母にすさまじい力でつかまれた手首を振りほどこうとした。

ややあって、父は髪をわしづかみにして母を引きずり、壁にたたきつけた。続けて顔を殴った。アヨオラはすすり泣きながらわたしにしがみついた。女性は笑っていた。

「ほらね、この人、わたしに指一本触れさせないんだから」

母は壁にもたれかかったまま ずるずる滑り落ち、床に倒れた。二人は母をまたいで寝室に向かった。わたしたちは危険がないことを確認してから、母を助けようと駆け寄った。もはやどんな慰めの言葉も通じない。母はただただその場で泣きたがっていた。けたたましい声をあげるので、わたしは母を揺さぶるしかなかった。

「ねえママ、お願い、二階に行こう」

その夜、わたしたち三人はわたしの部屋で一緒に眠った。

翌朝になると、バナナ色の女性は姿を消していた。わたしたちはテーブルについて黙々と朝食を食べた。父だけがこれからの一日のことを大声で話し、〝完璧な妻〟の見事な料理の腕前をほめそやした。機嫌をとっていたわけではない。起こったことを忘れ去っていただけだ。

その後まもなく、母は睡眠導入剤に依存するようになった。

調査

わたしはフェイスブックにあるボイェガの写真を穴のあくほど見ている。こちらを見返しているのはいまより若くてほっそりしていた時代のボイェガ。写真を次々にスクロールしていき、だいたいどういう人物なのかがわかって満足する。集めた情報を整理するとこんな感じだ。

身なりのいい妻と三人の背の高い少年。上の二人はイングランドの学校で学んでいる。末っ子はまだ地元の中学校の生徒だ。一家はラゴスの最高級住宅地のひとつ、バナナ島の集合住宅に暮らしている。ボイェガの仕事は石油・ガス関連。ほとんどの写真はフランス、アメリカ、ドバイなどで過ごした休暇中に写したもの。

どこからどう見ても典型的なナイジェリアの上流中産階級だ。

　ボイェガの人生がこんなに当たり障りのない型どおりのものであるのなら、なるほど、自分のものにならない自由闊達《かったつ》なアヨオラに惹かれるわけだ。写真のキャプションでは妻がどれほどすばらしいか、妻がいてどれほど幸運かという文言が延々と続いていく。妻は自分の夫がほかの女性を追いかけていることを知っているのだろうか。生まれながらの美貌のもち主。三人の息子を産んで、もう若いとは言えない年齢なのに、すらりと引き締まった体形を維持している。顔には念入りにメイクがほどこされ、美しさを引き立てる服装には夫がふんだんに与えてくれる小遣いの額がはっきり表れている。

　わたしは半日のあいだ、ひっきりなしにアヨオラに電話をかけて、いったいいまどこにいるのか突き止めようとしている。ママには旅行に行くと言って早朝に家を出たらしい。わたしにはあえてなにも言わなかった。タデが同じくらい何度もわたしに電話をしてきているのだが、ずっと無視している。なにを話せばいいというの。あの子がどこにいるのか、なにをしているのか、さっぱり見当がつかないのに。そもそもアヨオラは助けが必要になるまで自分のことを話さない。わたしが調査を続けていると、お手伝いが冷えたジュースをもってきてくれた。外は焼けるように暑いので、日の当たらない家のなかで休日を過ごしている。

　ボイェガの妻はフェイスブックをほとんど使っていないみたいだ。かわりにインスタグラムのアカウントを見つけた。夫と息子たちについての投稿は数えきれない。あいまあいまに食べ物の写真やブハリ政権（ムハンマド・ブハリはナイジェリアの第十五代大統領、二〇一五年〜）に対する意見が見られる。今日投稿されているのは夫婦の結婚式の日の古い写真だ。妻はカメラ目線で笑っていて、夫は妻に愛おしそうなまなざしを向けている。キャプションにはこうある。

#月曜日のいい男　わが夫《オコーミ》、わたしの心の中心であり息子たちの父親。あなたがわたしに目を留めてくれた日のことを神さまに感謝するばかり。あの日、わたしに話しかけようとして、びくびくしてたんだってね。でも不安に打ち勝ってくれてよかった。あなたなしの人生なんて想像できない。夢をたくさん見させてくれてありがとう。愛しいあなた、結婚記念日おめでとう。　#愛しい人
#いつもいい男　#思い出の写真　#愛は真実
#幸運　#感謝

車

警察はなんと病院に車をもってきた。黒の制服とライフル銃ほどあからさまなものはない。わたしは爪を手のひらに食い込ませる。

「家に返してもらえなかったのでしょうか」わたしは思わずシューッと息を漏らす。横目でチチがにじり寄ってくるのが見える。

「戻ってきただけでも感謝したほうがいいんじゃないんですか」警察は受領書を差し出す。ちぎった紙片にはナンバープレートの番号、返却日、五千ナイラという金額が書かれている。

「これはなんですか？」

「物流・輸送費用ですよ」うちに事情聴取に来た若い

ほうの警官が口を出す。アョオラのせいでまごついてしまったやつだ。見たところ、今日はそんなにぎくしゃくしていない。わたしが騒ぎ立てることにもしっかり備えているのがわかる。準備は万端ということか。一瞬、アョオラが一緒にいてくれればよかったのにと思った。

「なんですって⁉」悪い冗談にしか聞こえない。

チチが目の前まで近づいてきた。会話を長引かせるわけにはいかない。そうか、わざわざ職場に来たのはそういうことだったのだ。自宅ではわたしが権限を握ることになる。有無を言わせない口調で家から出ていけと言うだけでいい。ここではあっちの思うつぼだ。

「そのとおりで。五千ナイラは署までの運転と署からの運転にかかった費用ですよ」

わたしは唇をかむ。二人を怒らせるのは得策ではない。これ以上人目を引かないうちに立ち去ってもらわないと。病院の玄関の内と外から、みなの目がわたしと車とペテンの天才二人に注がれている。

車に目をやる。汚れて埃まみれ。そのうえ後部座席には食べ物の容器が置いてある。トランクがどんな状態かはだいたい想像がつく。あの男たちは不潔な手で車のあちこちを汚した。どれほど掃除してもあいつらの記憶は消せないだろう。

だからといってわたしにはどうしようもない。ポケットに手を伸ばし、五千ナイラを数える。

「なにか見つかりました？」

「いや特に」年上のほうが認める。「なんもなかったですね」もちろんわたしの仕事は完璧だった。なんの問題もないのはわかっていた。でも警官の話を聞いて安堵のあまり泣きたくなった。

「おはようございます、お巡《まわ》りさん！」どうしてチチがまだここにいるのだろう。シフトは三十分前に終わったはずなのに。二人はチチの快活な挨拶に愛想よく応える。「ご苦労さまです。同僚に車を返されたんですね」

「そうです。われわれは多忙を極めているのですがね」と若いほうが強調する。わたしの車にもたれてボンネットに肉づきのいい手を置く。

「いやあご苦労さまなことです。よかったですよ。この人、しばらく妹の車を運転しなきゃならなかったんですからね」わたしが金をわたすと、警官は車のキーを返してくれた。チチはやり取りを見て見ぬふりしている。

「どうも」こんなこと言わなければならないなんて、笑わなければならないなんて、気分が悪い。「お忙しいようですね。お引き止めしませんから」二人はぶつぶつ言いながら遠ざかっていった。警察署に戻るにはオカダ（バイクタクシー）を拾うことになるだろう。わたしのそばではチチが興奮しているみたいだ。

「なんとなんと《ナワオー》。どうしたの？」

「なにがどうしたって？」わたしは病院へ引き返し、チチもついてくる。

「ねえ、なんであんたの車、もってかれてたの？ 車がないのはわかってたけど、てっきり修理に出してるかなんかだと思ってたよ。まさか警察だとはね！」チチは〝警察〟とひそひそ言おうとしたが、うっかり声をあげてしまう。

　玄関のドアを入るときに、ロティヌ夫人が一緒だった。タデはまだ来ていないので待たなければならない。チチはわたしの手をつかみ、レントゲン室に引っ張っていく。

「それで、なにがあったの？」

「べつに。車が事故に遭ったの。警察は保険の関係で調べていただけ」

「そんなことで車を取られてたわけ？」

「ほら警察って。いつも身を粉《こ》にして働くじゃない」

触れる。タデは白いシャツを着ている。フェミがもっていたシャツやわたしのナース服のようなまばゆい白さではない。取り乱した独身男性が身に着けるような白。許してくれるなら、白い服をぜんぶ漂白してあげられるのに。タデの背中に手を置いてさする。こうしたら気分が和らぐだろうか。しばらくしてやっとタデはため息をついた。

「きみはすごく話しやすいよね、コレデ」

コロンと汗が混じった匂いがする。外の熱気が部屋のなかまで入り込んできて、エアコンの涼風を妨げている。

「あなたと話すのは楽しいよ」タデは顔をあげてわたしを見る。わたしたちの距離は一歩か二歩。キスするほど近い。唇は印象どおり柔らかいのだろうか。タデは穏やかな笑みを投げ、わたしも微笑みを返す。

「ぼくも楽しい。できることなら……」

「ん？」アヨオラが自分には合っていないと気づきつつ

心

タデはひどい身なりをしている。シャツはしわくちゃ、ひげは伸び放題、ネクタイは曲がっている。ここ数日、歌も口笛も口から漏れてこない。これこそアヨオラの真骨頂。タデの苦しむ姿を見て心ならずも感心してしまう。

「ほかに男がいるんだ」とタデは言う。

「そうなの!?」わたしは大げさに振る舞って甲高い声を出す。タデは不自然な態度に気づいていない。首をうなだれ、机に向かって中腰になり、両端をしっかりつかむ。筋肉が曲がったり伸びたり、同時に動いたり、波打ったりしているのがわかる。

もってきたカルテを机に置き、手を伸ばしてタデにつあるのか。

タデはまたうつむく。もうこらえきれない。

「きっと、あの子と一緒にいないほうが楽だよ」とささやく。

タデは体をこわばらせる。

「なんだって?」声は穏やかだけれど、これまでにはなかったニュアンスが感じられる。苛立ち、なのだろうか。「自分の妹のことなのに、どうしてそんなことと言うんだよ」

「タデ、あの子はそんなに……」

タデは身をよじってわたしの手を振り払い、立ちあがって机とわたしから離れる。

「きょうだいだったら味方するはずだろ?」

「わたしはいつだってあの子の味方だよ。ただね……アヨオラにはいろんな面があって。あなたが見ているようなきれいな面ばかりじゃない……」

「へえ、そんなこと言うのが味方ってわけ? アヨオラが言ってた。きみに怪物のように扱われてるって。ぼくは聞き流したんだけどね」

タデの言葉が矢のように突き刺さる。タデはわたしの友人だった。わたしの。わたしの助言を求めて、わたしと一緒にいるのを望んでいた。なのにいま、わたしを赤の他人のように見ている。それが許せない。アヨオラはどの男性が相手でも同じことをしているだけ。でもタデの言い分ときたら。わたしは両腕でお腹を抱え、唇の震えを見られないように顔を背ける。

「じゃあ、いまはあの子を信じてるってことね」

「だれかが信じてあげたら心からほっとするはずだよ! どうりでいつも注意を引こうとするわけだよ……男たちの」消え入るような声で最後の言葉を吐き出す。アヨオラがほかの男の腕のなかにいるなんて想像したくもないのだろう。

思わず吹き出してしまう。おかしくてたまらない。アヨオラの完全勝利。アヨオラはボイェガとドバイに行っていて（メッセージから得た最新情報だ）、タデは悲しみに暮れている。なのにどういうわけか、このわたしがひどい女ということになっている。

少なくとも三人の男の死に関与しているなんて、もちろんアヨオラが自分から口にするはずもない。あとで後悔するようなことを言わないように大きく息を吸い込む。アヨオラが浅はかで、わがままで、軽はずみであるのはまちがいない。それでもあの子が安心して生きていられるようにするのがわたしの責任なのだ。これまでずっとそうだったように。

ふとカルテの用紙が斜めになっているのが目につく。タデが机から立ちあがったときに動いてしまったのだろう。指ですっとカルテを引き寄せて手に取り、上をトントンとたたいて揃える。真相を明かしたところでいいことなんかない。タデは耳を貸そうとしないだろうし、わたしの口から出る言葉など信じたくないはずだ。アヨオラ以外なにも望んでいないのだから。

「アヨオラに必要なのはきみの支えと愛情だ。そしたらきっと落ち着くことができるよ」

どうして黙ってくれないのだろう。手にもったカルテが震えている。頭の端で偏頭痛が起きているのがわかる。タデはわたしに向かって首を振る。「きみは姉さんなんだから。年長らしく振る舞わなきゃ。どうも見ていると妹をはねつけているだけじゃないか」**あなたのためにね……**。言葉が口から出かかるけれどぐっと飲み込む。もはや自己弁護する気も失せてしまった。

タデはこんなに説教くさい人だったっけ。机にカルテを置いて、そそくさとタデの脇を通り過ぎる。ちょうどドアノブをまわしたとき、名前を呼ぶ声が聞こえたような気がした。すぐさま頭のなかでガンガン鳴り響く音に掻き消されていった。

患者

　ムフタールは安らかに眠りながらわたしを待っている。そっと病室に入ってドアを閉める。

「あの子はきれいだからね。でもそれだけ。男にしてみたらほかのことはべつにどうだっていいみたい。妹にとって人生それで万事オッケーってことよ」ムフタールはわたしが不満をぶちまけるのを許してくれる。「ねえ、ひどくない？　あの子を支えていない、愛していないって言われたのよ……。あの子がそんなふうに思わせてる。そんなふうに言ってるんだ。これまでさんざん……」

　言葉に詰まって最後まで言えない。心臓モニターの規則正しい音だけが沈黙を遮る。わたしは気持ちを落ち着けようと何度か呼吸をしてカルテを確かめる。そろそろまた理学療法を受ける時期だ。そばにいるあいだは運動を手伝ったほうがいいだろう。手足をあちこち動かしてあげているとムフタールは素直に従っている。頭のなかでタデとのシーンを何度も何度も再現する。省いているところもあればクローズアップしているところもある。

愛は雑草とはちがって
望みどおりの場所で育たない……

　またべつのフェミの詩が無意識のうちに思い浮かぶ。フェミだったらことの一部始終をどう考えるだろう。アヨオラとの付き合いは長くはなかった。じゅうぶんな時間があれば、あの子のことを見抜いていたかもしれない。勘が鋭かったみたいだから。

　お腹がグーグー鳴る。いくら心が傷ついていても体は食べ物を必要としている。ムフタールの足首を回すのを終えて、シーツのしわを伸ばし、病室を出る。モハメドは廊下の床にモップをかけている。バケツの水が黄色い。「モハメド、水を換えて」ときつい調子で命じる。モハメドは小声で鼻歌を歌っている。モハメドはわたしの声を聞いてはっと体を固くする。

「承知しました」

死の天使

「旅行はどうだった？」

「よかったよ……でもね……彼、死んじゃった」

ジュースを飲んでいたグラスが手から滑り落ちて、キッチンの床で粉々に割れる。アヨオラは戸口に立っている。帰宅してまだ十分。なのにもうわたしの世界がひっくり返っているみたいに思える。

「あの人が……死んだ？」

「そうなの。食中毒で」アヨオラはドレッドヘアを振る。ドレッドをやり直して先にビーズをつけているので、動くとビーズがぶつかり合ってカチャカチャ音を立てる。手首には大きなゴールドのバングルが揺れている。毒殺はこの子のスタイルではない。単なる偶然だと信じたい自分がいる。「わたしが警察を呼んだの。家族には警察から連絡がいったみたい」

わたしはしゃがんで大きなガラスの破片を拾う。インスタグラムで微笑んでいる妻のことを思い浮かべる。冷静に検視の依頼ができただろうか。

「二人で部屋にいたんだけど、突然汗をかきはじめて喉もとを押さえたの。あっという間に口から泡を吹いてた。すごく怖かった」そう言いながらもアヨオラの目は熱を帯びる。おもしろいと思ってこの話をしているのだろう。こっちは話を続けたくないのに、詳細を分かち合おうと心に決めているらしい。

「助けを呼んだの？」二人で父親のそばに立って、死んでいくのをじっと見ていた記憶がよみがえる。アヨオラはボイェガを助けようとしなかったはずだ。ただぼんやり眺めていた。毒を盛ったわけではないかもしれないが、ひたすら傍観して自然の成り行きに任せたのだろう。

「もちろん。緊急呼び出しをしたよ。でも間に合わなかったの」

髪に飾ったダイヤモンドのコームが目に留まる。アヨオラにとって旅はさぞかしいい機会だったのではないか。ドバイの空気は肌を明るくしてくれたようだし、頭からつま先までブランド物を身に着けている。見るからにボイェガは金を出し惜しみしないタイプだったようだ。

「なんてお気の毒」命を落とした〝家庭的〟な男性に憐れみを越える感情がもてるだろうか。自分の胸の内を探ってみるが、憐れみすら希薄なものでしかない。フェミには会ったことがないのに運命を知って心が動かされた。今回のこととはまるでちがう。

「ほんと。さびしくなっちゃう」アヨオラは上の空で答える。「ねえ、お土産《みやげ》があるよ」ハンドバッグに手を突っ込んでごそごそかきまわす。ちょうどそのとき玄関のベルが鳴った。待ち受けていたように顔をあげ、笑みをこぼす。まさか、ありえない——でも人生とはこんなものかも。タデが部屋に入ってきて、アヨオラが胸に飛び込んだ。タデはアヨオラを強く抱き締め、髪に顔をうずめる。

「おばかさん」とタデは言って、二人はキスをする。激しく、熱っぽく。

タデが部屋にもうひとりいると気づく前にわたしは急いでその場を去る。やむなく世間話を交わすことになるなんてぜったいに避けたい。部屋に閉じこもり、あぐらをかいてベッドに座って、宙を見つめる。

しばらくしてドアをノックする音がした。

「下りてきて食事なさいますか?」お手伝いの少女がそう訊き、足の裏に体重をかけて前後に揺れている。

「テーブルについてるのはだれ?」

「お母さん、アヨオラさん、タデさんですけど」

「だれに言われて来たの?」

「自分で来ました」もっともだ。わたしのことなんて頭にあるわけない。タデがあれこれ気を配ってくれて、ママもアヨオラも大いに楽しんでいる。タデはというと……ううん、そんなことどうでもいい。わたしはにっこりする。この子だけがわたしの食事のことを気にかけてくれている。お手伝いの小さな体の背後から笑い声が漂ってくる。

「ありがとう、でもお腹は空いてないの」

お手伝いは部屋を出てドアを閉め、幸せにあふれた声を遮断する。しばらくアヨオラにひとりの時間を邪魔されないことだけはたしかだ。ここぞとばかりにボイェガの名前を検索してみる。やはり思ったとおり。彼の痛ましい死に関する記事が見つかった——。

ナイジェリア人がドバイ出張中に死亡

ナイジェリアのビジネスマンがドバイで薬物の過剰摂取により死亡したと伝えられている。

外務省によれば、有名なロイヤル・リゾートに滞在していたボイェガ・テジュドゥミさんがホテルの一室で体調を崩したあとに死亡した。テジュドゥミさんは救急隊員による懸命な処置もおよばず、現場で死亡が確認された。

警察は事件性はないと見ている……

アヨオラはどんなふうに警察にかけあって名前を報道しないでもらえたのだろう。食中毒と薬物中毒はまったく異なるのでどう考えても解《げ》せない。連続殺人犯と一緒にいる人物が偶然死亡するなんて。そんな可能性はどれくらいあるのだろうか。首をかしげずにはいられない。

というより、あの子がナイフしか使わないとどれほど確信をもてるのか。そっちのほうが問題かもしれない。

ボイェガの死に関する記事をさらにいくつか読んでみる。ほかにも嘘がわかった。アヨオラは挑発されなければ襲いかからない。では、もしボイェガの死にかかわっているとしたら、ほんとうに殺人を犯していたとしたら、なぜそんなことになったのだろう。ボイェガは熱をあげているようだった。ずるい浮気男であるにはちがいないけれど、それ以外は無害に見える。

わたしは階下にいるタデのことを考える。いつもの笑顔を振りまき、虫も殺さぬ顔をしているアヨオラに目を奪われているだろう。こっちを見てくれないのに、彼の目をのぞき込むなんて耐えられない。二人を引き裂くためにできることはなんでもやった。恨みを晴らすにはせいぜい批判し、軽蔑するくらいしかない。

ノートパソコンの電源を切る。

ボイェガの名前を手帳に書き留めた。

「ママ、しゃべった！　お人形がしゃべった！」
「お人形じゃないのよ、コレデ。この子は赤ちゃん、あなたのちっちゃな妹。コレデはもうお姉ちゃんなのよ。お姉ちゃんは妹の面倒をみるんだからね」

誕　生

家族に伝わる話によれば、わたしはアヨオラをはじめて見たとき、人形と思ったらしい。ママが目の前でアヨオラを抱えていたので、わたしはつま先立ちしてもっとよく見ようと腕を下に引っ張った。アヨオラはとても小さく、ママの腕の揺り籠《かご》にすっぽりおさまっていた。閉じた目は顔の半分ほどもある。低いだんご鼻にぎゅっと結んだ口。わたしは髪に触れた。柔らかくてくるくるの巻き毛。

「これ、わたしの？」

ママが体を震わせて笑ったのでアヨオラを起こしてしまった。アヨオラはゴロゴロ喉を鳴らした。わたしはびっくりしてうしろによろめき、尻もちをついた。

誕生日

アヨオラの誕生日。ソーシャル・メディアへの投稿の再開を許すことにする。フェミの新しい情報は減っていっている。ソーシャル・メディアはフェミの名前をすっかり忘れてしまった。

「わたしのプレゼントを先に開けて！」ママが念を押し、アヨオラは応じる。誕生日の午前中にまず家族からのプレゼントを開けるのがわが家のしきたりだ。わたし自身はなにを贈ればいいのかかなり悩んだ。はっきり言って、贈り物をしようという気分ではなかった。

ママはアヨオラの結婚を考えてダイニングテーブルのセットにした。「きっとじきに申し込まれるから」

「申し込まれるってなにを？」アヨオラはわたしからのプレゼントに気を取られている。わたしは新しいミシンを買ってあげた。アヨオラに笑顔を向けられても笑い返すことができない。ママの言ったことで胸がむかむかしてきたのだ。

「決まってるじゃない、結婚よ！」アヨオラは予言を聞いて鼻にしわを寄せる。「そろそろ二人とも身を落ち着けることを考えないと」

「ママの結婚はうまくいったからねぇ……」

「なんですって？」

「べつに」わたしはぼそっとつぶやく。ママはこちらを見ていても聞いていなかったので、あきらめるしかない。アヨオラはパーティーのために服を着替えに行き、わたしは風船を膨らまし続ける。フェミに配慮してグレーと白を選んだ。

さっき、フェミのブログで詩を読んだ――。

アフリカの太陽は眩《まぶ》しいほど輝く

ぼくらの背中も
ぼくらの頭皮も
ぼくらの心も焼き尽くす——
太陽が理由でなければ
怒りに理由はない
太陽が原因でなければ
苛立ちに原因はない

ブログに匿名でメッセージを残し、作品をまとめて詩集にしてはどうかと提案してみる。フェミの姉か友人がメッセージに目を留めてくれたらいいな、と思う。

アヨオラもわたしも、ほんとうの意味で友だちがいるとは言えない。秘密を打ち明けたり、打ち明けられたりするのが友だちだろう。アヨオラには多くのしもべ、わたしにはムフタールがいるだけだ。午後四時ごろ、そのしもべたちがどっと押し寄せた。お手伝いが招き入れ、わたしは食べ物がぎっしり並んだリビングのテーブルに案内する。いつの間にか音楽がかかり、客たちは軽食をつまんでいる。ところがわたしはただひとつのことで頭がいっぱいだ——この機会にタデはアヨオラを一生自分のものにしようとするのだろうか。アヨオラがタデに本気なら、二人のことは喜ばしいと思えるかもしれない。あくまで、かもしれない、ということだけど。実際にはアヨオラに愛情なんてないのになぜかタデは気づいていない。それとも、気にならないだけなのか。

午後五時になってもまだアヨオラは下りてこない。わたしは典型的な黒のドレスを着ている。短い丈にフレアのスカート。アヨオラも黒を着ると言っていたが、きっと何度も考えを変えているはずだ。あの子のことを繰り返し訊かれても、確認しにいきたい気持ちを抑える。

わたしはホームパーティーが嫌いだ。通常なら人の家を訪ねていくときにはマナーを守る。でもパーティーとなると、どの人もこの人もすっかり礼儀を忘れてしまう。至るところに紙皿を置いて、飲み物をこぼしてもそしらぬふり。軽食の入った器に手を入れ、少し取ってあとは戻す。それにいちゃつける場所を探すなんてことも。わたしはフットスツールに置かれた紙コップを拾ってゴミ袋に入れる。拭き掃除用洗剤を取りに行こうとしたとき、玄関のベルが鳴った。タデだ。

なんてステキ……タデはジーンズをはいて、ぴったりした白のTシャツを合わせ、グレーのブレザーを羽織っている。ついつい見とれてしまう。

「きれいだよ」とタデは声をかけてくれる。和解を申し出るかわりに外見へのお世辞を言っているのだろう。こんなことに惑わされてはいけない。しばらく余計な口出しをせず、頭を垂れて静かにしていたのだ。ちょっとしたお世辞なんかに心を動かされたくない。でも気持ちがすっと軽くなるのを感じる。笑顔がはじけないように顔の筋肉に力を入れた。「あの、コレデ、ごめ――」

「ねえねえ」と呼ぶ声が背後からして、振り返るとアヨオラがいた。体にフィットしたマキシ丈のドレスを着ている。肌に近い色合いなので、薄暗い照明ではほとんど裸のように見える。ゴールドのイヤリングにゴールドのヒール、さらにはタデにもらったブレスレットを身に着けている。肌に淡いゴールドのブロンザーをほんの少しのせているのがわかる。

タデはわたしの前を通り過ぎ、アヨオラの唇にやさしくキスをする。愛があろうがなかろうが、とても魅力的なカップルにはちがいない。少なくとも表面上は。タデがアヨオラにプレゼントを手わたす。わたしは中身を見ようと近くに寄る。小さな箱だが指輪にしては長くて薄い。タデの視線を感じてせっせと忙しくしているふりをする。パーティーの中心に戻ってまた紙皿を集めにかかった。

その夜はずっと、タデとアヨオラの姿をちらちら見

「彼のこと、好きなの？」とアヨオラは訊いた。ちがう。わたしは彼を愛している。

ていた。パンチボウルのそばで笑ったり、階段でキスしたり、ダンスフロアでケーキをあーんとし合ったり。最後には耐えきれなくなった。引き出しからショールを取って外に出る。まだ暖かいけれど、ショールの下から両腕で肩を抱え込む。だれかに話さなければ。だれでもいい。ムフタール以外のだれかに。前に、心理療法を考えたことがあったのだが、ハリウッド映画を見て、心理療法士には患者当人かほかのだれかの命に危険がある場合、秘密を明かす義務があると知った。わたしがアヨオラのことを話したら、ものの五分で秘密が明かされてしまう気がする。だれも死なず、アヨオラも投獄されずに済む道はないのだろうか。もしかすると、心理療法士に相談する際に、殺人の話を省けばいいだけかもしれない。何度も何度もカウンセリングを受けるなかで、タデとアヨオラのことを話して、二人が一緒にいるのを見ると正気でいられないと打ち明ければいいのでは。

看護師長

病院に着いてすぐ、アキベ先生の診察室に向かう。メールで来るように言われていたのだ。例によって、アキベ先生のメールは唐突で謎めいていて、受け手が警戒するような内容だった。ドアをノックする。

「どうぞ！」先生の声はドアを打ちつける金槌のようだ。

現時点で、アキベ先生は聖ペテロ病院で最古参、最年長の医師。コンピューターの画面に見入ってマウスで下向きにスクロールしている。黙ったままでいるので、わたしは自ら腰をおろし、ようすをうかがうことにする。先生はスクロールする手を止めて頭をあげる。

「この病院が設立されたのはいつかご存じかね」

「一九七一年です」わたしは椅子にもたれてため息をつく。ひょっとしてわざわざわたしを呼びつけて、病院の歴史をくどくど話して聞かせるつもりだろうか。

「すばらしい、すばらしい。もちろん当時、わたしはまだここにいなかったが。そんな年寄りではないのでね！」アキベ先生は自分の冗談にはっはっと笑う。もちろん、そんな年寄りだ。当時はたまたまべつの病院に勤務していただけだ。わたしは咳ばらいをして、何度も聞いたことのある話がはじまるのを阻止しようとする。先生は立ちあがって、一九〇センチの巨体を現し、伸びをした。これからなにが起こるのか予想はつく。アルバムを引っ張り出し、初期のころの病院と三人の創設者の写真を見せて、延々と語り続けるのだ。

「申し訳ありませんが、失礼しなければ。ええと、タ、いえ、オトゥム先生がPET検査に補助がいるとのことでしたので」

「わかった、わかった」先生はそう言いながらも本棚を見まわしてアルバムを探している。

「ここでPETをお手伝いできるのはわたしだけなんです」と当てつけがましく言ってみる。わたしの話を聞いて急いでくれるだろうと思うのは高望みだけど、用事がなんであっても、一時間も待ってから聞くなんてごめんだ。思いがけず、アキベ先生はこちらにくるりと向いて顔をほころばせる。

「そうそう、だからこそ来てもらったんだよ！」

「と言いますと？」

「しばらくきみのことを見させてもらっていたんだがね」人差し指と中指でまず自分の目を、次にわたしを指しながらそう言った。「それで満足がいった。きめ細やかな仕事ぶりだし、なにより、病院に情熱を注いでくれている。はっきり言って、自分を見ているようだよ！」先生はまた笑う。まるで犬が吠えているみたい。

「恐れ入ります」アキベ先生の言葉に心が熱くなり、微笑みを浮かべる。自分の務めを果たしてきただけなのだが、努力が認められるのはうれしい。

「言うまでもなく、看護師長にふさわしいのはきみしかいない！」看護師長か。どう見てもわたしにぴったりの役職だ。そもそも、しばらく前から師長の仕事を担ってきたのだし。タデもわたしが昇進の対象になっていると言っていた。お祝いの食事を約束までしてくれた。でも約束なんてなかったことになるだろうな。タデとの友情はおしまいだし、フェミはいまごろ三倍に膨れあがっているだろう。なにはともあれ、聖ペテロ病院の看護師長になれたのだ。ステキな響き。

「光栄に思います」

昏睡

受付に行くとチチがまだうろうろしていた。家に戻ったら顔も見たくない男が待っているのかもしれない。上機嫌でスタッフに話をしているけれど、だれもまともに取り合っていない。〝奇跡〟とか〝昏睡〟という言葉が聞こえる。

「ねえ、どうしたの？」

「聞いてないの？」

「なんのこと？」

「あんたのお友だちが目を覚ましたのよ！」

「目を覚ましたって、だれが？　インカ？」

「ちがうちがう。ヨウタイさんよ。目を覚ましたの！」


返事をしようと思うよりも先にわたしは走り出していた。チチをナースステーションのそばに残して三階へと急ぐ。この知らせをアキベ先生から聞けたらよかった。そうすれば神経機能に関して適切な質問ができたはずだから。ただ、先生は例のごとく病院の歴史を語る機会をうかがっていたので、言い忘れてしまったとしても無理はない。それとも、まったくのデマだから話さなかったのだろうか。チチが勘違いしただけなのかもしれないし……。

家族がベッドの周囲に集まっていたので、すぐにはムフタールの顔が見えなかった。妻のほっそりした体形ははっきり記憶に残っている。背の高い男性はたぶん弟だろう。二人はわたしに背を向け、直接体に触れているわけではないにせよ、なにかの力に引き寄せられるように身を寄せ合っている。度を越して慰め合っていたのかもしれない。

子どもたちはドアのほうを、つまりわたしのほうを向いている。息子二人はまっすぐに立っていて、ひとりはさめざめと泣いている。娘は新生児を抱きかかえ、腕を傾けて父親に赤ん坊を見せている。その身振りを目にして、ムフタールがほんとうに意識を取り戻したのだとようやく実感できた。ムフタールは生者の世界に戻ってきたのだ。

再会を喜び合う家族から離れようとしたら、「かわいいね」という声が耳に入ってきた。

それまでムフタールの声を聞いたことがなかった。出会ったときにはすでに昏睡状態だったので、ひとりで勝手に太くて低い声を想像していた。実際には何カ月も発声していなかったせいで、うわずったような弱々しいかすれ声をしている。

振り返ったらタデにぶつかった。

「おっと」タデはうしろによろめいて姿勢を立て直す。

「あら」わたしは気もそぞろで、ムフタールの病室に心を残したままだ。タデはわたしの肩越しに病室をのぞき込む。

「それで、ムフタールさんが目を覚ましたって？」

「そうなの、ほんとによかった」なんとか言葉を絞り出す。

「きっときみのおかげだね」

「わたしの？」

「きみのおかげでもちこたえられたんだよ。忘れられることも、放っておかれることもなかったんだから」

「そんなことわかってないでしょ」

「わかっていないかもしれない。でもね、脳がどんな刺激に反応するかなんて予測不可能なんだよ」

「まあそうね」

「ところで、おめでとう」

「ありがとう」少し待ってみたが、タデは昇進祝いの約束に触れない。

わたしはタデから離れて、そのまま廊下を進んでいった。

受付に戻ったとたん叫び声がした。待合室にいる患者は驚いてあたりを見まわし、インカとわたしは声のするほうへと急ぐ。一〇五号室だ。インカがドアを勢いよく開け、一緒にばたばたと入っていくと、アシビとギンペが取っ組み合いをしていた。ギンペがアシビの頭を締めあげ、アシビはギンペの胸をひっかいている。わたしたちを見て二人はぎょっとする。インカは吹き出した。

「よしと!」笑いがおさまるとインカはそう叫んだ。

「ごくろうさま、インカ」わたしはあてこするように言う。

インカは同じ場所で立って、まだにやにやしている。

「ごくろうさま」ともう一度繰り返す。インカがすでに燃え盛っている炎を煽《あお》り立てることだけはなんとしても避けたい。

「はあ?」

「あとはひとりでもなんとかなるから」

ほんの一瞬、言い返してくると思ったけれど、インカはただ肩をすくめてみせた。「わかった」そしてもう一度アシビとギンペを見て、うすら笑いを浮かべ、部屋から飛び出していった。わたしは咳ばらいをする。

「そことそこに立って」二人を離れた場所に立たせて、ここは病院よ、道端のバーじゃないのだから、と注意する。

「二人ともクビね」

「やめてください」

「お願いします」

「じゃあなにが問題で取っ組み合いの喧嘩しなくちゃいけなかったわけ? わかるように説明して」どちらも黙ったままでいる。「さあ言って」

「ギンペのせいですよ。わたしの彼氏を横取りしようとしてるんです」

「ええ?」

「モハメドはあんたの彼氏じゃないでしょ！」モハメドですって？　ほんとに？　この件はインカに任せたほうがよかったのかも。考えてみると、インカにはどういう状況なのか察しがついていたのだろう。

モハメドは不潔なやつだし、どうしようもない清掃員なのに、なぜか二人の女性に惚れられて、院内で騒動を起こしている。モハメドこそクビにすべきだ。いなくなったところで残念にも思わない。

「モハメドがだれの彼氏かなんてどうでもいい。あなたたちが遠くからにらみ合おうと、互いの家を焼き払おうと、知ったことじゃないけど、この病院に足を踏み入れたら、自分の仕事に責任をもちなさい。さもないと職を失うわよ。わかった？」

二人はもごもご、ぶつぶつ、ぼそぼそ、聞き取れないことをつぶやく。

「いいわね？」

「はい」

「けっこうよ。仕事に戻って」

受付に引き返すと、インカが椅子にもたれて目を閉じ、口を開いていた。

「インカ！」わたしがクリップボードをカウンターにバンとたたきつけると、インカはびっくりして目を覚ます。「こんど居眠りしてたら上に報告するから」

「だれかが亡くなって看護師長になったってわけ？」

「あのさ」ブンミが小声で言う。「今朝、コレデは昇進したんだよ」

「え？」

「そのことでこれから会議があるから」わたしは言い添える。

インカは口をつぐんだままだった。

ゲーム

雨が降っている。傘が壊れて、レインコートが無駄になるほどのひどい雨。わたしたち――アヨオラ、タデ、わたし――は家で身動きがとれないでいる。二人を避けようとしていたのに、リビングを通り抜けるとき、アヨオラに引き留められた。

「ゲームやろう！」

タデとわたしはため息をつく。

「わたしはやらない」

「二人だけでやろうよ」とタデがアヨオラにもちかける。心にぐさっとくるが気にしないでおく。

「だめだよ。三人以上でやるゲームなんだから。みんなでやるか、やらないか、どっちかしかない」

「チェッカーかチェスならできるよ」

「ううん。クルード（イギリスの推理ゲーム）がやりたい」

わたしがタデだったら、こんなふうにつべこべ言わせないのに――。

「取ってくるね」アヨオラは弾かれたように立ちあがって、タデとわたしを部屋に残した。タデの顔を見たくないので、窓の外の色褪せた景色を眺める。この地区の通りはどこも人気《ひとけ》がなく、だれもが屋内に逃げ込んでいるみたいだ。ヨーロッパだったら雨のなかを歩いて踊れるのかもしれないけれど、ここでは水浸しになってしまう。

「このあいだ、ちょっとひどいこと言ったかもしれない」タデはわたしの反応を待っているが言葉が見つからない。「女きょうだいって、お互いにすごく……意地悪なことがあるって言われた」

「だれに言われたの？」

「アヨオラだよ」

ただ笑い飛ばしたかった。でも意に反して甲高い声を漏らしてしまう。

「きみのこと、ほんとに尊敬しているんだね」やっとのことでタデに向き合い、無邪気な薄茶のぱっちりとした瞳をのぞき込む。これまで自分がこんなふうに、こんなに無邪気だったことなどあるだろうか。タデはものすごく普通で素朴な人だ。わたしがこういう天真爛漫なところに惹かれているように、アヲオラにも魅力的に映っているのかもしれない——わたしたちの無邪気さはとうの昔に、粉々に砕かれ、失われてしまったからだろうか。口を開いてなにか答えようとしたら、アヲオラがぴょんとソファに飛び乗った。ボードゲームを胸に抱えている。タデの目はわたしのことなどきれいに忘れて、アヲオラに注がれる。

「タデ、これ、やったことある？」

「ううん」

「あ、そう。殺人犯はだれか、殺人現場はどこか、凶器はなにかを推理するんだよ。最初に当てた人が勝ちってわけ！」

アヲオラは説明書をタデにわたし、わたしにウインクをする。

十七歳

最初はアヨオラが十七歳のときだった。怯《おび》えきって取り乱していた。電話をかけてきたけどほとんど聞き取れなかった。

「なにしたって？」

「わたし……ナイフ……あの……血があちこち……」

寒気がするみたいに歯をガタガタいわせていた。わたしは高まる不安をなんとか抑えようとした。

「アヨオラ、落ち着いて。深呼吸してごらん。どこから血が出てるの？」

「わたし……わたしじゃなくて……ソント。ソントなの」

「襲われたの？」

「わたしが……」

「どこにいる？　電話するから——」

「だめ！　ひとりで来て」

「ね、アヨオラ、どこにいるの？」

「ひとりで来てくれる？」

「わたし、医者じゃないんだから」

「ひとりで来るって約束してくれないと、言わない」

それでしかたなく約束した。

わたしがアパートに着くとソントはすでに死んでいた。ズボンは足首までさがっていて、顔に浮かんだ驚愕の表情はわたし自身の映し鏡のようだった。

「これ……これ、あんたがやったの？」

あのとき、生きた心地がまったくしなくて、その場をうろうろしたり、掃除したりなんてとうていできなかった。そこでわたしたちは部屋に火をつけた。妹を警察の手に委《ゆだ》ねることは考えもしなかった。正当防衛の訴えが一蹴されるリスクを負えるはずもない。

ソントはワンルームのアパートにひとりで暮らしていた。部屋からは第三本土連絡橋の架かったラグーンへと通じる水域を一望できる。わたしたちは発電機用に保管されていた軽油を取ってきて死体に撒《ま》き、マッチに火をつけ、立ち去った。火災報知器が鳴り出し、住人たちが慌てて建物から出てきたので二次被害はなかった。ソントは喫煙者だった。大学が必要としたのはその証拠だけだった。

殺人犯はアヨオラ、殺人現場はワンルームのアパート、凶器はナイフ。

男たらし

アヨオラはクルードに勝った。でもそれも、タデがアヨオラの巧みな罠に陥らないよう、わたしがルールを繰り返し説明するはめになったからだ。

タデがもしここで勝てば……ひょっとすると……そんなふうに自分に言い聞かせていた。

「プロ級だね」とタデは言ってアヨオラの太ももをぎゅっとつかむ。「ああ、腹減った。あのケーキ食べたいな。まだある？」

「コレデに聞いたら」

「ふーん、コレデもケーキを作るんだ」

アヨオラは眉をあげて、わたしにちらりと目をくれる。わたしは視線を合わせて黙ったままでいる。

のすごくおいしいよ」

「わたしがケーキを焼くと思ってる？」

「ああうん……パイナップルのアップサイドダウンケーキをもらったよ」

「あれ焼いたのがわたしだって、コレデが言った？」

タデは怪訝な顔をする。「うん……いや、ちがうな……きみのママだ」

アヨオラは微笑みかける。だまされるなんてかわいそうにとでも言わんばかり。

「お菓子なんてぜんぜん作れないのに」と堂々と告白する。「今朝、コレデがアップルクランブルを作ってたよ。食べる？」

「うん、そうだね。いただくよ」

アヨオラはお手伝いを呼んで、カスタードと取り皿と一緒にアップルクランブルをもってくるよう頼む。

五分後、たくさんの量を取り分けていった。わたしは吐き気がするので、自分の皿を押しのける。タデはひと口食べ、目をつむって顔を輝かせる。「コレデ、も

目覚め

　ムフタールが昏睡から覚めたあと、まだ病室を訪れていない。あの時間は終わってしまった。これ以上話を続けたら必ず刑罰を受けることになる。そもそもわたしは担当看護師ではなかった。

「コレデ」

「うん」

「三一三号室の患者さんがお呼びよ」

「ムフタールさんが？　どうして？」

　チチは肩をすくめる。「本人に訊いてみたら」

　呼び出しを放っておこうかとも思うけれど、理学療法の一環でまもなくフロアを歩きまわることになるから、顔を合わせるのは時間の問題だ。病室をノックする。

「どうぞ」

　ムフタールは本をもって、ベッドの上に身を起こしている。本をかたわらに置くと、待ち受けていたようにわたしを見る。目の下には真っ黒なくまができているが、焦点の合った鋭い目をしている。意識を取り戻してから、ずいぶん老けこんだように見える。

「看護師のコレデです」ムフタールは目を見開く。

「あなたでしたか」

「わたしだった、とは？」

「訪ねてきてくださっていましたね」

「あら、お聞きになったのですか」

「というと？」

「ほかの看護師からお聞きになったのでしょ」

「看護師さんから？　いえいえ、覚えているのですよ」

「覚えているって、なにをですか？」病室は寒い。手がチクチクして冷たくなっていく。

「あなたの声、しっかり覚えていますよ。語りかけてくれていた」

わたしの肌は黒い。なのに、足に血液が一気に降りていって、亡霊のように青ざめていたにちがいない。昏睡状態の患者が周囲の出来事を理解できている可能性は低いという研究結果があるはずだが、いったいどういうことなのだろう。たしかに、タデも訪ねていくことには効果があると確信していた。でもまさかムフタールがほんとうにわたしの話を聞いていたなんて。

「わたしが語りかけていたのを覚えていらっしゃると?」

「そうです」

「話の中身もでしょうか?」

市場

十歳のとき、市場で母とはぐれてしまった。

わたしたちはトマト、ビターリーフ、干しエビ、玉ねぎ、唐辛子《アタロド》、赤ピーマン《タタセ》、プランテーン、米、鶏肉、牛肉を買いに出かけた。わたしはリストをもっていたのだけど、買うものをぜんぶ暗記して小声でぶつぶつ唱えていた。

ママはアヨオラと手をつなぎ、わたしは二人のうしろを歩いた。立ち並ぶ露店のあいだで大勢の買い物客が押し合いへし合いするなか、二人を見失わないようにママの背中をじっと見ていた。すると、アヨオラはトカゲかなにかを見つけて、あとをついていくことにしたようだ。ママに握られた手を引き抜いて走り出した。ママはとっさに追いかけた。

慌てふためくまで少し間があった。最初はアヨオラが走っていったことに気がつかなかった。母は足早にまっすぐ、目の前を歩いていたのだが、一瞬のうちにわたしを置いて飛び出した。

追いかけようとしたけれど、すぐに見失ってしまって走るのをやめた。はっとすると、見知らぬ場所で、見知らぬ恐ろしい人たちに囲まれていた。いままさに、あのときと同じように感じている。不安で恐ろしく、必ず悪いことが起こるという予感がする。

記　憶

ムフタールは険しい表情で眉を寄せ、肩をすくめる。

「かなり断片的なんですよ」

「なにを覚えているのですか？」

「おかけになりませんか」ムフタールが手振りで椅子を勧めてくれ、わたしは腰をおろす。話を続けてもらわないと。墓までもっていってくれると信じて、ほとんどすべての秘密を打ち明けてしまったのだ。ムフタールははにかんだ笑みを浮かべて、わたしの目をまっすぐ見ようとしている。

「なぜこんなことをしたのですか？」

「なにを、でしょう？」と訊いてみるも、自分の声だとは思えない。

「しょっちゅう訪ねてきてくれたじゃないですか。なんの縁もないというのに。家族の面会はだんだん減って、最後にはほぼなくなったみたいでしたが」

「ご家族はつらい思いをされていたのですよ。あのようなお姿をご覧になって」

「いやいや、かばわなくてもいいです」その後、わたしたちは言葉を失って黙り込んだ。「孫娘ができたんですよ」

「おめでとうございます」

「父親は自分の子ではないと言っているとか」

「なんと。妙な話ですね」

「ご結婚は?」

「していません」

「すばらしい。結婚なんてそんなにいいものではないですから」

「なにか覚えているとおっしゃっていましたよね」

「そうそう。驚くべきことでしょう? 体全体は眠っているのに、頭は変わらず動いていて、変わらず情報を集めている。実に興味深い」ムフタールは想像していたよりもはるかにおしゃべりだし、話すときには大きく身振り手振りを交える。教室いっぱいの若者の前で講義をおこない、だれも内容に興味をもっていなくても、情熱を込めて生き生きと語っている。そんな姿が目に浮かぶようだ。

「では、かなり覚えていらっしゃるのですね?」

「いえ、そうでもないのです。シロップのかかったポップコーンがお好きなんですよね。いつか食べてみて、とおっしゃっていました」

わたしははっと息を飲む。病院でそのことを知っているのはタデだけだし、タデはいたずらをするような人ではない。

「それだけですか?」声を抑えて訊いてみる。

「不安そうなようすですが、だいじょうぶですか?」

「だいじょうぶです」

「水がありますよ、もし……」

「ほんとうにだいじょうぶです。ほかになにか覚えてます?」

ムフタールはわたしをしげしげと眺めて首をかしげる。「ああそうだ、思い出しました。妹さんが連続殺人犯だと言っておられましたね」

狂気

まだ息をしている人にどうして秘密を打ち明けようと思ったのだろう。


目的のための手段——ふいにそんなことが頭に思い浮かぶ。余計な考えを押しつぶし、ムフタールの目を見て明るく笑う。「妹がだれを殺したと言いました?」

「はっきり思い出せないな」

「そうですね、当然のことだと思います。昏睡状態の患者さんはなかなか夢と現実の区別がつけられないので」

ムフタールはうなずく。「同じことを考えていました」

とはいえ、ムフタールは納得していないようだ。それとも、わたしがびくびくするあまり、口調を深読みしているだけなのだろうか。それでもなおわたしをじっと見て、状況を理解しようとしている。しっかり職業意識をもたなければ。

「頭痛はありますか？」

「いいえ……ないですね」

「なるほど。なかなか寝つけないですか？」

「ときどき……」

「まあ……そうですね、幻覚が現れたら……」

「幻覚ですか!?」

「心配なさらず医師にお知らせください」

ムフタールはいかにも心配そうなようすだ。少し罪悪感を覚える。わたしは腰をあげる。

「ゆっくりお休みくださいね。なにかあれば横のボタンを押してください」

「もう少しいてくださいませんか？　心地いい声をおもちなので」

ムフタールの顔は面長でこわばっている。もっとも表情豊かなのは瞳だ。わたしは立ちあがって椅子を隅に戻す。あちこち動いてすでに片付いているものを整頓しているあいだ、ムフタールがずっと目で追っている。わたしはたちまち不安になる。

「申し訳ありません、仕事に戻らないと」

「ここにいるのは仕事ではないのですか？」

「残念ながら担当の看護師ではないのです」作り笑いを浮かべ、記録を確認するふりをしてからドアに向かう。「良くなられてなによりです、ヨウタイさん」そう言って病室をあとにする。

三時間後、ブンミから知らせを受ける。ムフタールからわたしを担当にしてほしいという要請があったらしい。担当のインカは肩をすくめるだけで、どうでもいいようだ。

「それにしても、あの人の目って不気味よね」

「だれに申し出たの？」

「〝患者さん最優先〟の先生」アキベ先生だ。アキベ先生がムフタールの希望を聞く可能性はかなり高い。自分と関係なければ、喜んで患者の求めに応じる人だから。

受付の椅子にどさっと座って、どういう選択肢があるのか考える。でもどれも懸命とは思えない。ムフタールの名前を手帳に書き込むところを想像してみる。アヨオラはこういう感じなのだろうか――たったいま幸せに浮かれて、上機嫌でいるかと思えば、次の瞬間、殺意に満ちあふれる。

眠り

わたしはフェミの夢を見る。といっても生命のないフェミではない。インスタグラムのあちこちに載っている笑顔のフェミ、わたしの心に焼きついている詩を書いたフェミだ。どうして命を落としてしまったのか、理解しようとしている。

フェミは傲慢《ごうまん》だった。それは疑いようもない。でもルックスがよく、才能のある男ならたいていそんなものだ。ブログでの口ぶりはぶっきらぼうでひねくれている。バカなやつには容赦ないという印象。ところが、まるで心に葛藤《かっとう》を抱えているみたいに、詩は遊び心に満ちていてロマンティック。フェミは……とにかく複雑な人だった。アヨオラの魅力の虜《とりこ》になってはいけなかった人なのだ。

　夢のなかで、フェミは椅子にふんぞり返って、これからどうするつもりなのかとわたしを問いただす。

「なんのこと?」

「いいかい、アヨオラはやめないよ」

「あの子は自分の身を守ろうとしただけ」

「ほんとは信じてないくせに」フェミはたしなめるように言って、弱々しく頭を振る。

　おもむろに立ちあがり、離れていこうとする。わたしはあとを追うしかない。なぜってほかになにができるだろう。すぐに目を覚ましたい。でも同時に、わたしをどこに連れていこうとしているのか知りたい気持ちもある。ようやくわかった。命が尽きた場所に行きたかったのだ。わたしたちは彼の死体を眺め、どうしようもない無力感を抱く。死体の横にはナイフが転がっている。アヨオラが携帯していて殺しに用いた凶器だ。わたしがアパートに着いたときにはすでにナイフは隠してあったのだが、夢でははっきりと見ることができる。

　もっとべつのやり方があったのかな。フェミがつぶやく。

「あの子をあるがままに見ることもできたはずよ」

アイスクリーム

彼女の名前はペジュ。

　うちのまわりをうろついていて、わたしが門を抜けると突然飛び出してきた。すぐにだれかはわからなかったけれど、なんの用か訊こうと思って車の窓から顔を出す。

「あの子になにをしたの？」

「えっ？」

「フェミのことよ。フェミになにをしたの？」やっとわかった。インスタグラムで数えきれないほど見たことがあった。フェミに関する投稿を続けていて、スナップチャットでアヨオラを非難していた。ずいぶん痩せたみたいで、愛らしい目を真っ赤に腫らしている。

　わたしは平静を保とうとする。

「お力になれないと思いますけど」

「なれない？　なりたくないのまちがいじゃない？　フェミになにがあったか知りたいだけなの」運転を続けようとしたが、ペジュがドアを開ける。「最悪なのは知らないでいることよ」声がかすれた。

　わたしはエンジンを切って車から降りる。「申し訳ないですけど――」

「急に思いついて国を出ていっただけ、なんて言う人もいるけど、そんなことするはずないし、ましてわたしたちをこんなふうに心配させるはずがない……。もしわかっていたら……」

　なにもかも包み隠さず話してしまいたい衝動に駆られる。この人が延々と苦しまなくていいように、起こったことを打ち明けてしまいたい。頭のなかでセリフを考えてみる――申し訳ありません、妹が弟さんの背中を刺してしまって、わたしが水中に死体を沈めることを思いついたのです。なんてことを言ったら、どんなふうに聞こえるだろう。そのあとどうなるだろう。

「あの、わたし、心から――」

「ペジュじゃない?」

ペジュはさっと頭をあげてアヨオラが車道を歩いてくるのを見る。

「こんなところでなにやってるの?」

「あの子を最後に見たんでしょ。黙っていることがあるのはわかってるんだから。弟になにがあったのか教えて」

アヨオラはデニムのオーバーオールを着ていて――いまだにこんなものをうまく着こなせるのはこの子だけだろう――、たぶんすぐそこのパーラーで買ったアイスクリームをぺろぺろなめている。いったんアイスクリームをなめるのをやめる。ペジュの言葉に心を動かされたというより、悲しんでいる人の前では、なにをしていても手を止めるのが礼儀だとわかっているからだ。ある日曜日の午後、そのマナーを説明するのに三時間かかった。

「フェミが……死んでると思ってるの?」アヨオラは声をひそめてたずねる。

ペジュは泣き出した。アヨオラに問いかけられて、こらえていたものが堰《せき》を切ってあふれ出したようだ。大きく低い声で泣き叫び、しゃくりあげ、体を震わせる。アヨオラはもう一度アイスクリームをなめて、空いているほうの腕でペジュを抱き寄せた。泣きじゃくる彼女の背中をさする。

「だいじょうぶ、きっとだいじょうぶだから」アヨオラはささやきかける。

ペジュがだれに慰めてもらっているかなど、この際どうでもいいだろう。過ぎたことはしかたがない。では、弟を殺《あや》めた当の本人だけが死の可能性をありのままに話せるとしたらどうか。ペジュはフェミがまだ生きているかもしれないという一縷《いちる》の望みにすがっている。そんな押しつぶされそうな重圧から解き放ってあげなければいけない。ただひとり、アヨオラだけがそれを引き受けられる。

アヨオラはペジュの背中をなでながら、あきらめたようにアイスクリームを見ている。なめることができず、溶けてぽたぽた道路に垂れていく。

秘密

「コレデ、ちょっといいかな？」

わたしはうなずき、タデについて診察室に入る。ドアが閉まるとタデはすぐに微笑みかける。顔が赤くなり、つい微笑み返してしまう。

今日、タデはとりわけステキに見える。最近、髪を切ったようだ。いつもはヘアスタイルに無頓着で、地肌近くまで刈りこむだけなのに、近ごろ髪がかなり伸びていたためか、頭の側面を短く刈りあげ、中心を少し高くしたスタイルになっている。すごく似合っている。

「見てもらいたいものがあるんだけど、秘密にしておいてほしいんだ」

「わかった……」

「約束して」

「秘密にする、約束するよ」

タデは鼻歌を歌いながら引き出しに向かい、なにかを取り出した。箱だ。指輪の箱。

「だれの?」うわずった声を出してしまう。だれのための指輪かはっきりしないとでも言いたげに。それに、だれのためではないか、ということも。

「気に入ってくれると思う?」

二カラットのプリンセスカットのダイヤモンドにサイドストーンがあしらわれた指輪。気に入らないとしたらどうかしている。

「アヨオラにプロポーズするんだね」これで理解は一致していることになる。

「うん。受けてくれると思う?」

ついにきた。訊かれたところでどう答えたらいいのかわからない。まばたきをして熱い涙をこらえ、咳ばらいをする。「早すぎるんじゃない?」

「運命を感じるんだ。きっといつか恋をしたら、きみにもわかるよ、コレデ」

思わず吹き出したことに自分でも驚く。息を飲み、くすくす笑い、最後には涙が出るほど笑い転げる。タデがあきれた顔をしているのに止められない。ようやく落ち着くと、「なにがそんなにおかしいの?」と言われる。

「タデ……あの子のどこが好き?」

「なにもかも」

「ちがう、具体的に言わなきゃ」

「そうだな……彼女は……とびきり特別な人」

「そっか……でもどうして特別なの?」

「ものすごく……なんというか、美しくて完璧だから。これほどだれかと一緒にいたいなんて思ったことない」

わたしは指で額をこする。タデは知らない。あの子がどんなつまらないことにも笑って、ぜったいに恨みをもたないこと。それに、ゲームですぐにズルをすることや手もとを見ずにスカートの裾かがりができることも。あの子のいちばんいいところも……いちばんうしろめたい秘密も知らない。そんなことは気にならないようだ。

「指輪を片付けて、タデ」

「えっ？」

「こんなのぜんぶ……」タデの机に腰かけて適切な言葉を探す。「ぜんぶ、あの子にとっては遊び、ゲームなのよ」

タデはため息をつき、頭を横に振る。「人は変わるよ、コレデ。浮気していたこととか、いろいろわかっている。でもそれはね、彼女が本物の愛を知らなかったからだ。ぼくが愛をたくさん与えてあげられる」

「必ずあなたを傷つける」そう言ってタデの肩に手を置いたが、払いのけられてしまう。

「きっとうまくやれる……」

どうして男ってこんなに鈍感なのだろう。胸のなかで苛立ちが気泡のように湧きあがる。吐き出したい気持ちを抑えられない。

「ちがう。本気で言ってるの——あの子はあなたを傷つける。あなたの体を！　これまでも人を、男性を何人も、傷つけてきたんだから」わたしは両手で虚空をつかむようにして言いたいことを説明しようとする。

わずかな沈黙が流れる。タデはいま聞いたことがどういうことか考えている。わたしはとうとうぶちまけてしまったことをかえりみている。両手を下ろす。もう黙ったほうがいい。言えることはぜんぶ言った。ここからは自力で判断してもらうしかない。

「はあ？」

「相手がいないから、そんなこと言うの？」

「いいかげんアヨオラに前向きな人生を送らせてあげたら？　この先もずっと依存していてほしいみたいじゃないか。

ゃないか」タデはがっかりしたように頭を振る。わたしは大声で喚き散らしたい衝動を必死に抑える。手のひらに爪を食い込ませる。これまでただの一度もあの子の邪魔をしたことなんてない。それどころか、未来を切り開いてあげてきたのだ。

「そんな……」

「どうもアヨオラの幸せが願えないようだね」

「あの子は人を殺してるのよ!」と思わず叫んでしまい、言ったとたんに後悔する。タデはまた頭を振って、そこまでさもしくなれるのか、と驚きを隠せないでいる。

「亡くなった男性のことは聞いてるよ。そのことできみに責められたってことも」どの男のことを言っているのか訊いてやりたいと思った。でもどうせ勝てない争いなのはわかっている。しかもはじまったことを知らないうちに負けてしまっていた。アヨオラはこの場にいないけれど、タデが操り人形のように代弁してくれる。

「ねえ」タデは戦術を変えて声を和らげる。「アヨオラはきみに認めてもらいたいって心の底から思ってるんだよ。つねに批判されて、軽蔑されているだけだから。愛する人を失ったというのに責任を感じさせられる。きみがそんなに残酷だなんて思いもしなかったよ。きみのこと、わかっているつもりでいたのに」

「ちがう。ぜんぜんわかっていない。わたしのことも、それにプロポーズしようとしている相手のこともね。ついでに言っておくけど、アヨオラは三カラット以下の指輪はぜったいにしないから」タデは指輪の箱を握り締めたまま、知らない言葉を話している人物を見るようにわたしをぽかんと眺めている。なんという時間の無駄。

ドアを開けるとき、肩越しにタデのほうをちらりと振り返る。「じゅうぶんに気をつけて」アヨオラはあらかじめ釘を刺していた。あの人、薄っぺらよ。かわいい顔にしか興味ない。

友人

受付に近づいていくと、インカが携帯電話から顔をあげる。

「ああよかった、あんただったのね。探しにいかなきゃと思ってたのよ」

「なにか用?」

「ちょっと失礼ね。わたしじゃない。あの昏睡してた患者さんがひっきりなしにあんたを呼んでるのよ」

「ムフタールさんよ」

「ま、なんでもいいけど」インカはうしろにもたれてキャンディークラッシュを再開する。わたしはきびすを返し、三一三号室に向かう。

ムフタールは肘掛け椅子に座って、アバルモ(熱帯の果樹、スターアップルのヨルバ語）に吸いついている。ほかの看護師が気分転換のためにやってくれたのだろう。病室に入るとムフタールは笑みをこぼす。

「やあ！」

「こんにちは」

「どうぞかけて、かけて」

「あまり長居できないんです」タデとの会話がまだ耳の底に残っていて、とてもじゃないけどおしゃべりする気分にはなれない。

「座って」

　しかたなく腰をおろす。ムフタールはずいぶん元気になったみたいだ。髪を切っていて、体重が増えたように見える。顔色も良くなっている。本人にもそう伝えた。

「ありがとう。意識があることはこれほど健康につながるのですね。いやまったく驚きですよ！」自分ひとりで笑い、はたとわれに返る。「だいじょうぶですか？　ちょっと顔色が悪いですよ」

「だいじょうぶです。ヨウタイさん、どういったご用ですか」

「堅苦しいのはやめにしましょう。ムフタールと呼んでください」

「わかりました……」

　ムフタールは立ちあがり、コーヒーテーブルの上の紙袋をつかんで手わたしてくれる。シロップがたくさんかかったポップコーン。とってもおいしそう。

「お気遣いいただかなくてよかったのに」

「いや、せめてものお礼です。これくらいたいしたことありませんよ」

　病院には患者から贈り物を受け取ってはいけないと言われている。でもここで厚意を踏みにじって気分を害するようなことはしたくない。お礼を言って紙袋を取り、片側に置いた。

「記憶についてさらに考えていたのですがね。少しはっきりしたことがあるんですよ」とムフタールは口を切る。

　正直なところ、話に付き合う気力がない。そろそろ一日の限界が近づいている。おそらくムフタールは、死体のありかも含めて、わたしの話をこと細かに思い出すだろう。そしたらなにもかもおしまいだ。

「あくまで仮定の話ですが。知っている人が恐ろしい犯罪を犯したとしましょう。しかも大切な人です。さてどうするでしょうか」ムフタールはいったん口をつぐむ。

　わたしは椅子に背をあずけて、じっくり検討してみる。言葉を周到に選ばなければいけない。うかつにもわたしたち二人を監獄送りにする手がかりを与えてしまったのだから。とはいえ、彼の見方はまったく予想もつかない。「報告する義務があるのではないでしょうか」

「そのとおりでしょう、ええ。でもたいていはそんなことしませんよね」

「そうでしょうか？」

「もちろん。愛する人を守り、誠実を尽くそうとするのは当たり前ではありませんか。それに、この世で罪のない人などいない。ほら、産科病棟に行ってごらんなさい！　笑顔を浮かべた親と新生児。まぎれもない殺人者と犠牲者ですよ。ひとり残らずね。〝愛情あふれる親や親戚は微笑みながら殺人を犯す。ぼくらに本来の自分を壊すよう強いるのだ。巧妙な殺人にほかならない〟」

「それはかなり……」とだけ言って先が続けられない。心がかき乱される。

「ジム・モリソンが言ったことです。これほどの名言を自分のものだなんて、まさか言えませんよ」ムフタールはアバルモを吸い続ける。黙ったままわたしが話すのを待っている。

「このこと……だれかに話すつもりですか？」

「あちらでは昏睡状態にあった患者の言うことなど信頼してもらえるでしょうかね」わたしたちと外の世界を隔てるドアを親指で示す。

二人とも口を閉ざしたままでいる。わたしは心拍数を下げることに集中する。まったく意図せずに涙が頬を伝っていく。ムフタールは押し黙ったままだ。わたしが抱えている問題を知っていて、それでも味方になろうとする人がいる——その事実を理解する時間を与えてくれている。

「ムフタール、わたしたちが一生刑務所に入れられるほどのことを知っていますよね。どうして秘密を守ろうとしてくれているのですか?」と訊いて顔を拭う。

ムフタールはもうひとつアバルモをかじり、酸っぱさに顔を歪める。

「妹さんのことは知りません。同僚のみなさんが、とてもきれいな方だと言っておられましたが、わたし自身はお会いしていないので気になっていません。あなたのことは知っています」こちらを指差す。「あなたのことは気がかりです」

「わたしのこと、知らないじゃないですか」

「もちろん知っていますよ。わたしが目覚めたのはあなたのおかげ。あなたの声が呼びかけてくれていたからです。いまだに夢のなかで聞こえるのですから……」

ムフタールは熱を込めて語っている。わたしはまるでべつの夢を見ているように感じる。

「心配なんです」ほとんど聞き取れないかぼそい声で切り出す。

「なにが?」

「いま妹が付き合っている人のことです……ひょっとしたら……」

「じゃあ、助けないと」

父

すべてが終わった日の前日は日曜日だった。太陽が容赦なく照りつけていた。

家のエアコンはぜんぶフル回転だったが、それでも外からの熱気が感じられた。額には玉のような汗が吹き出している。二階のリビングのエアコンの下に陣取って、その場から離れるつもりはなかった。しばらくして、アヨオラがわたしを探しに慌てて階段をのぼってきた。

「父さんにお客さんよ！」

わたしたちはバルコニーから身を乗り出して客のことを盗み見した。その人はアバダ（ヨルバの伝統衣装）が何度も腕に滑り落ちるので、ひっきりなしに肩へと押しあげていた。鮮やかなブルーの衣装は布をたっぷり使った大きなシルエットなので、男性が痩せているのか太っているのかほとんど判別がつかない。アヨオラが同じように服の袖をたくしあげる身振りをして、二人でクスクス笑った。父は来客があるといつもよそいきの態度をとっているので恐れる必要はなかった。お仕置きを受ける心配をせずに笑って遊んでいられた。客はわたしたちを見あげて頬をゆるめる。あの顔は心に刻み込まれて、いつになっても消えない。エラの張った四角い輪郭で、わたしよりもずっと濃い色の肌、おまけに真っ白な歯。かかりつけの歯医者にいつでも連絡が取れるようにしているみたいな歯だ。奥歯に牛の胃《シャキ》がはさまって、すぐさま歯列矯正の手術に運び込まれるところを思い浮かべてみた。想像するとおかしくなって、アヨオラに伝えたら、大きな笑い声をあげた。それが父の注意を引いてしまった。

「コレデ、アヨオラ、お客さんに挨拶をしなさい」

わたしたちは言われるままに階下へと急いだ。客はすでに腰をおろし、母は次々にごちそうを出していた。この客は名士だ。わたしたちはいつものようにひざまずいたのだが、手で制止されて立ちあがる。

「そんな年寄りじゃないよ!」と客は大声で言った。そして、なにがおもしろいのかさっぱりわからなかったけれど、父と二人してどっと笑った。足がほてってむずむずしていたので、エアコンの効いた涼しい部屋に戻りたかった。そわそわ足を動かしながら、早く仕事の話に取りかかって、解放してくれないかなと思っていた。ところが、アヨオラの目は客の杖に釘づけになっていた。上から下まで色とりどりのビーズがちりばめられている。鮮やかな輝きを放つ杖に目を奪われ、もっとよく見ようと近づいていった。

客は少しのあいだ黙って、ティーカップの縁越しに妹をじろじろと眺めた。アヨオラを間近でとらえてにやりと笑う。ついさっきわたしたちに投げかけた笑みとはちがっていた。

「なんともきれいな娘さんですね」

「おっしゃるとおりで」父は答えて首をかしげた。

「じつに、じつに美しい」客は唇をなめる。わたしはアヨオラの手をつかんで、数歩さがるよう引っ張った。男性は首長のようだった。クリスマスに村を訪ねていくと、母方の祖父母はつねにわたしたちを首長から遠ざけた。聞いたところでは、首長が気に入った少女を見つけたら、近づいていって宝石をあしらった杖で触れる。そうして少女は新しい花嫁になる。首長に何人妻がいようと関係ないし、少女の意思も関係ない。

「ちょっと! なにするのよ!」わたしはごねるアヨオラを黙らせようとした。父はわたしをじろりとにらみつけたが無言のままでいる。この客が妹を見る目つきに直感的に不安を覚えた。男の顔はじっとり汗ばんでいる。ハンカチで額を拭いながらもアヨオラから目を離さない。わたしは父が男をたしなめるのを待っていた。でも父はふんぞり返ったまま、いつも苦労して手入れをしている顎ひげをなでるだけ。いまはじめて目にしたかのようにアヨオラを眺めている。この子の息を飲むほどの魅力に一度たりとも触れたことはなかった。それどころか、わたしたち姉妹をまったく同等に扱っていたのだ。アヨオラの美しさに気づいてすらいないようだった。

父の視線を感じてアヨオラはもじもじした。父がわたしたちを凝視するなんて、そうそうあることではない。万が一あるとしたら必ず悪いことが起きる。アヨオラはわたしにおとなしく手をつかまれて、引っ張られるがままになっていた。父は再び首長を見た。その目がきらりと光った。

「お前たち、あっちに行ってなさい」

二度も聞く必要はない。わたしたちはメインのリビングから走り出してドアを閉めた。アヨオラは階段を駆けあがろうとしたが、わたしはドアに耳を押し当てた。

「なにやってんの?」アヨオラはとがめるように言う。

「もし見つかったら――」

「しーっ」ドアから漏れ聞こえる会話に耳をそばだてる。たしか〝契約〟〝取引〟〝娘〟などという言葉が使われていた。厚いオーク材のドアなので、あとはあまり聞き取れなかった。階段で待っていたアヨオラと一緒に二階にあがり、わたしの部屋に行った。

日が落ちるころ、わたしたちはバルコニーに出て、男がメルセデスの後部座席に乗り込み、うちの敷地を出ていくところを見ていた。喉につっかえていた不安は薄れていき、すぐに首長の一件はすっかり忘れてしまった。

家族

ムフタールとわたしは病院の味気ない食事やごわごわのシーツのこと、かつての教え子たちが言いたてた作り話について語り合っていた。

ノックが聞こえ、モハメドが病室に入ってきて、話が中断される。モハメドはわたしに小声で挨拶をしてからムフタールに笑顔を見せ、ハウサ語で語りかける。ムフタールは声を弾ませた。二人が知り合っていたことに気づかなかった。それにモハメドがこれほど……気兼ねなくだれかに笑っているのを見たことがない。少なくとも、自分を巡っていがみ合う二人の清掃員以外には。途切れなく流れるハウサ語を耳にしていると、よそ者になったような気がする。五分が過ぎようとするころ、病室を出ていくことに決めた。それを言い出さないうちに、またノックの音がした。

ムフタールの息子が姿を見せ、童顔の女性が続いて入ってきた。わたしはムフタールの子どもたちの名前を知らない。知る必要もないように思えたからだ。とはいえ、この人が上の息子であるのはわかる。弟よりも背が高く、ふさふさの顎ひげをたくわえ、父親に似てほっそりしている。二人とも風に吹かれたアシのようだ。ふとこちらに視線が向く。看護師がこんなところでなにしてるんだ。ベッドのそばでぶらぶらくつろぎ、空のカップの縁を指先でなぞっているなんて。たぶんそんなふうに思われているのだろう。

モハメドはゴミ箱を空にしてのろのろと出ていく。わたしも腰をあげる。

「おはよう、父さん」

「おはよう……、おやコレデ、もう行ってしまうの？」

「お客さまがいらっしゃいますし」息子のほうに顎をしゃくる。

　ムフタールは鼻を鳴らし、手を振った。「サニ、こちらはコレデ。夢のなかの声の主だよ。コレデがいてもかまわないだろ?」

　息子はむすっと不愉快そうな表情をする。じっくり見てみると、思ったほど父親に似ていない。目は小さいけれど目と目のあいだが広いせいで、つねに驚いているように見える。息子は堅苦しくうなずき、わたしはまた腰をおろす。

「父さん、ミリアムだよ。結婚しようと思ってる」ミリアムは敬意を払うため、身をかがめて膝をつく《ツグンナーワ》。望みどおりにいけば義父になるはずの人への挨拶だ。

　ムフタールは目を細める。「この前連れてきた人はどうしたんだ」

　息子はため息をつく。長く芝居がかったため息。

「うまくいかなかったんだよ。それってずいぶん前の話なんだけど……」ちょうどいいタイミングだったのに、あのとき病室を出ていくべきだった。

「どういうことなのかわからないな。あの女性のご両親に会ったのではなかったかね」

　ミリアムはひざまずいたまま、右手を左手にかぶせている。二人とも彼女がここにいることを忘れてしまっているようだ。いまはじめてほかの女性のことを耳にしているとしたら、さほど気になっていないのだろう。わたしのほうにちらと顔をあげ、うつろな目をしている。どことなくブンミを思い出させる。ふっくらした顔つきに曲線を描いた体、柔らかな肌。肌の色はわたしよりも暗い。わたしたちはみんなまとめて黒い肌に分類されるけれど、まさにその黒に近い。何歳くらいなのだろうとぼんやり考える。

「あの子のことなら気が変わったんだよ」

「それじゃあ、かかった費用はどうなるんだ?」

「たかだかお金じゃないか。ぼくの幸せのほうが大切だろ?」

「わたしが意識を失っているあいだに、こんなバカげたことをしようとしていたのか」

「父さん、結婚の準備をはじめたいんだよ。それには父さんの――」

「サニ、わたしから金をせびろうとしているのなら、お前は予想以上に愚かだな。ミリアム、ミリアムであっていますね? さあ立って。申し訳ないのだが結婚を認めるわけにはいきませんよ」ミリアムはよろめきながら立ちあがり、サニのそばに並んだ。

サニはわたしをにらみつける。こんなことになったのはお前のせいだ、とでも言いたいのだろうか。わたしはとがめるような目を無関心な表情で見返す。こういう男には怒る気にもならない。ムフタールは視線のやり取りに気づいた。

「コレデじゃなく、わたしを見なさい、サニ」

「なんでそもそもこの人はここにいるんだよ。家族の問題じゃないか!」

たしかに、わたしも同じことを自問している。ムフタールはなぜわたしが必要なのか。サニもわたしも答えを待っているが、なかなか口を開いてくれそうにない。

「この件に関して言いたいことはぜんぶ言った」

サニはミリアムの手を取って、くるりと背を向ける。そして彼女を引きずるようにして病室を出ていった。

ムフタールは目を閉じる。

「なぜわたしが同席したほうがよかったのでしょう」

「あなたは強いから」

羊

ごろごろと寝返りを打つのにも疲れて、アヨオラの部屋に行くことにする。幼かったころ、わたしたちはよく一緒に寝ていた。そうすると二人とも心が落ち着いたのだった。一緒にいる限り、安心していられた。

アヨオラは丈の長いコットンのTシャツを着ていて、茶色のテディベアを抱いている。膝をお腹に引き寄せて、わたしがベッドに潜り込んでもぴくりとも動かない。いつものことだ。アヨオラは飽きるほど眠ったときにようやく目覚める。夢を見ないし、いびきもかかない。ムフタールのような人ですら理解できないほど意識を失ったように眠る。

妹のこういうところをうらやましく思う。わたしの場合、どんなに体が疲れていても、心は時間外労働をしていて、思い出したり、たくらんだり、勘繰ったりしてしまう。本人はそうでもないみたいだけど、わたしはこの子のしでかしたことに悩まされ続けている。わたしたちは罰を免れたかもしれない。でも手が血に染まっていることには変わりない。フェミの死体が水と魚の餌《え》食《じき》になっているというのに、わたしたちはまずまず快適にベッドに横たわっていられる。アヨオラを揺り起こしたくなるが、そんなことをしてもなんの意味もないだろう。やっとのことで目覚めさせたとしても、だいじょうぶだよとだけ言ってすんなり眠りに戻るだけだ。

しかたないのでいろいろと数えてみる。羊、アヒル、ニワトリ、牛、ヤギ、ヤブクマネズミ、そして死体。数えて、数えて、意識がなくなるまで数えた。

父

アヨオラに客があった。夏休みの最中のこと、学期がはじまるまでにアヨオラをモノにしたいと思って少年が訪ねてきた。たしかオラという名前だったと思う。ひょろっとしていて、顔半分を覆うあざがあったのを覚えている。それに、ずっとアヨオラに見とれていたことも。

父はオラを歓迎した。オラは飲み物や軽食をふるまわれ、おだてに乗って自分の話をした。例のナイフも鑑賞した。父はオラをもてなすにあたり、気前よく、親切に振る舞っていた。ママとアヨオラでさえそんな姿にだまされて、にこやかな表情をしていた。でもわたしはハラハラしどおしで、ソファの表面に爪を食い込ませていた。

オラはもちろん言われなくてもわかっていた。付き合いたいと思っている女の子の父親に本心を明かすはずもない。でもどのみち、アヨオラから片ときも目を離さず、アヨオラのほうを向き、アヨオラの名前をつねに出しているのを見たら一目瞭然だった。

「なんとも口がうまいね！」父は含み笑いをしながらあけすけに言った。路上生活者の職探しを手助けすることで、オラは善意あふれる意見を述べていたのだった。「さぞかし女性にもてるだろうな」

「はい、あの、いえ、そんな」オラは不意をつかれてしどろもどろになった。

「うちの娘たちのこと気に入っただろう？　なかなかきれいだろ？」オラは顔を赤らめ、またアヨオラに視線を投げかける。父は口もとを引き締めた。さっとあたりに目を配ったら、アヨオラと母は気づいていないようだった。しまった、アヨオラに暗号のようなものを言っておけばよかった。そう後悔した記憶がある。

わたしはひとつ咳をした。

「あらあら」と母がなだめるような声で言った。もう一度咳をする。「水を飲んできなさい」さらにまた咳をした。反応はない。

アヨオラ、一緒に来て。口の形で示して目を大きく開いた。

「やめとく」

「一緒に来て、いますぐ」と声をひきつらせる。アヨオラは腕を組み、振り返ってオラを見た。オラの熱っぽい視線に気をよくするあまり聞く耳をもたなかった。父はこちらを向いてにやっとした。父の視線を追っていくと杖に行き当たった。

杖はテレビの少し上の特別にあつらえた棚に置かれていた。くる日もくる日も、朝から晩まで同じ場所にあった。わたしの目はいつもこの杖に吸い寄せられていた。事情を知らなければ、歴史と文化に由来する芸術作品かなにかのように見えるはずだ。太く、なめらかで、精巧な彫刻がほどこされている。

オラを迎えているあいだ、ゆっくり時間が流れていった。父はそろそろお開きにしようと決めて、オラを玄関まで見送り、また訪ねておいで、健闘を祈るよ、と声をかけた。そして静まり返ったリビングを横切り、杖に手を伸ばした。

「アヨオラ、来なさい」アヨオラは顔をあげ、杖を目にして、わなわな震えた。母も、わたしも震えあがった。「聞こえないのか。来いと言っただろ！」

「でも、わたしが誘ったんじゃない」なにが問題なのかすぐにわかって、アヨオラは涙まじりに訴える。

「わたしが呼んだんじゃない」

「どうかやめて、お願い」わたしはつぶやいた。すでに涙が流れていた。「お願い」

「アヨオラ」一歩進み出る。アヨオラも泣き出していた。「服を脱げ」

ボタンをひとつずつ外し、ワンピースを脱いだ。急がずに、手をもぞもぞ動かし、泣いていた。だが父はどっしり構えていた。

「ニトリ・オロルン、ケヒンデ、どうか、ニトリ・オロルン」お願いだから、と母は懇願した。お願いだから——。アヨオラのワンピースは足もとに滑り落ちた。白のスポーツブラと白のショーツだけの姿になる。わたしは年上だけれど、まだブラはしていなかった。父はシャツにしがみつく母を振りほどいた。母が父を止めることはぜったいにできなかった。

わたしは思い切って前に踏み出し、アヨオラの手を取った。それまでの経験で学んでいたのは、杖が届くところにいると、当事者と傍観者の区別がなくなるということ。かといって、わたしがあいだに入らなければ、アヨオラは耐えきれないという気がしていた。

「それで、お前を学校にやっているのは、次から次へと男と寝るためなのか、え、どうなんだ?」

杖の衝撃を感じる前に音が聞こえる。空気を切り裂くような音。アヨオラは悲鳴をあげ、わたしは目を閉じた。

「あれだけ大金を払っているのに、お前というやつは、娼婦になりたいだけなのか。答えろ!」

「ちがいます」わたしたちはあの人をパパと呼んだことはない。一度たりともなかった。〝パパ〟という言葉の意味からすると、言うまでもなくあの人はパパではなかった。とても父親などと認められない。あの人はわが家の法そのものだった。

「自分がなにさまだと思ってるんだ、ええっ? 思い知らせてやろうか!」またしても殴りつけた。このとき、杖はわたしにも当たった。わたしは息を飲んだ。

「あの少年が自分に夢中だとでも思ってるのか? あいつの目当てはお前の股のあいだだけだ。用がなくなったらさっさと次へいく」

痛みは感覚を研ぎ澄ます。いまだにあの人の荒い息遣いが聞こえる。あの人には体力がなかった。殴っていたらすぐに疲れを見せたが、しつけを教え込もうとする意思が強く、願望はさらに強かった。あのときの恐怖の臭いをまざまざと思い出す。酸のような、金属のような、吐物よりも強烈な臭い。

あの人は杖を振りかざしながら説教を続けた。アヨオラの肌の色は薄く、赤く腫れあがっているのがはっきりわかった。わたしは直接の対象ではないので、ごくまれに肩や耳や顔の片側をかすめただけだった。それでも耐え難い痛みを感じた。わたしの手を握る力が弱くなっていく。アヨオラの悲鳴はかすかなうめき声に変わっていった。なんとかしなければ。「これ以上やったら傷になって、みんなにいろいろ訊かれるよ！」

手が止まった。あの人がこの世で唯一気にしていたことがあるとすれば、それは自分の評判だ。次にどうすべきか一瞬迷ったようだったが、額の汗を拭い、杖をもとの位置に戻した。アヨオラはわたしのそばで床にへたり込んだ。

それからまもなく学校が再開し、休み時間にオラがわたしに近づいてきて父の印象を語った。

「きみのパパ、すごくかっこいいね。うちのパパもあんなだったらよかったのに」

アヨオラがオラと話すことは二度となかった。

妻

「ここにあるのが気に入らないのなら、倉庫にもっとあるよ。写真を送ってあげる」ブンミとわたしは大量の靴を見下ろしている。ナースステーションのうしろの床にチチがぶちまけたのだ。チチのシフトは三十分も前に終わっている。服を着替えて職業も変えたらしい。看護師から販売員への転身だ。チチはかがんで床に積まれた靴の山をひっかきまわし、わたしたちに買わせるものを探し出そうとしている。かなり前かがみになっているので、ジーンズの上から尻の割れ目がのぞいている。わたしは目を背ける。

わたしはひたすら自分の仕事に専念して、患者の予定を立てていた。そこへチチが黒のパンプスを目の前に突き出したのだ。手を振って断ったのに、品物を見てよとしつこく言ってきた。チチが売っている靴はとにかくどれも安っぽく見える。一カ月もしたら壊れてしまいそうな代物。そのうえわざわざ磨くこともせず、床にぞんざいに置いてあるだけだ。わたしは作り笑いを浮かべる。

「まだお給料もらってないし……」

「新しいのを何足か買っちゃったとこだし」とブンミも加勢する。

チチは胸を張ってビジュー付きパンプスをひらひらさせる。「何足あっても困るもんじゃないでしょ。わたしから買うととってもお得よ」

チチが九インチのウェッジソールのセールストークをはじめようとしていたら、ちょうどインカが走ってきてカウンターをバンとたたいた。インカのことは好きではないけれど、割って入ってくれてありがたかった。

「あの昏睡患者の病室でひと騒動あったの！」

「騒動って？」チチは靴のことなどすっかり忘れ、肘をわたしの肩に置いて身を乗り出す。わたしは腕を払いのけたい衝動をこらえる。

「うん、患者さんのようすを見に行く途中で、あの病室から叫び声が聞こえてきた」

「本人が叫んでいたの？」とわたしはたずねる。

「それがさ、叫んでたのは奥さん。足を止めて……だいじょうぶなのか確認しようと思ったわけ……そしたら、悪魔なんて言ってるのよ。墓場にまでお金をもっていけない、とかなんとか」

「うわあ！　ケチな男ってサイアク！」ケチな男が近寄ってきそうになったら追い払ってやる。そんな意味を込めてチチは頭上で指をパチパチ鳴らす。わたしはムフタールをかばって、ちっともケチなんかじゃない、懐《ふところ》が深くてやさしい人だ、と言ってやりたかった。

でもブンミのとろんとした目、チチの飢えた目、インカの暗い目を見ていたら、どうせなにを言ってもわざと捻《ね》じ曲げられてしまうように思える。しかたなくさっと立ちあがると、チチがよろめいた。

「どこ行くの？」

「友人であろうが家族であろうが、患者さんが迷惑しているのなら、放っておけないでしょ。ここにいらっしゃるうちはしっかりケアしなくちゃ」とわたしは切り返す。

「それ、バンパーステッカーにでもしたらいいんじゃないの」とインカがはやし立てる。わたしは聞こえていないふりをして、階段を一段飛ばしで駆けあがる。

三階には三〇一号室から三三〇号室の三十部屋がある。廊下に出たとたん、怒号が耳に飛び込んできた。妻の鼻声、それに男性の声もする。哀れな声で訴え、おだてようとしているので、ムフタールではない。

ドアをノックしたら声がやんだ。

「どうぞ」ムフタールがうんざりしたように返事をす

る。ドアを開けたら、グレーのジャラビア（丈の長いワンピース状の衣服）姿のムフタールがベッドの脇に立っていた。手すりを握って、なかばもたれかかっている。体への負担になっているのが表情からわかる。この前会ったときよりも老けて見える。

妻は赤いレースのマヤーフィー（ハウサ語でムスリム女性のスカーフ）をまとい、髪を覆って右肩に垂らしている。ドレスも同じ素材のもの。肌はつややかなのだが、怒りに満ちた形相はまるで野獣のようだ。ムフタールの弟のアブドゥルがそばに立ってうつむいている。哀れっぽい声の主はこの人だったのか。

「なんの用？」妻が怒鳴りつける。

相手にしないことにした。「ムフタール？」

「ああ、だいじょうぶですよ」ムフタールは心配を解こうとする。

「ここにいたほうがいいですか？」

「ここにいたほうがいいかって、どういうことよ。あなた、ただの看護師でしょ。ほら、さっさと出ていって！」

爪で黒板をひっかいたような声。

「ちょっと、聞いてるの？」また金切り声をあげる。

わたしが歩み寄ると、ムフタールは弱々しい笑みを浮かべた。

「おかけになったほうがいいのでは」とそっと告げる。ムフタールが手すりをつかむ手を緩めたので、付き添ってすぐそばの椅子に腰をおろしてもらう。膝にブランケットをかけた。「お二人に帰っていただかなくてもいいですか」声をひそめてたずねる。

「なに言ったのよ？」わたしの背後で妻が喚き散らす。「さては魔女ね！　まじないを使ってうちの人を役立たずにしたんでしょ！　きっとこの女のせいで、わけのわからないことを言い出したんだわ。アブドゥル、なんとかしてよ。この女、たたき出して！」妻はわたしに指を突きつける。「言いつけてやるからね。どんな黒魔術を使っているのか知らないけど……」

ムフタールは首を振る。その反応だけでじゅうぶんだ。わたしは背筋をぴんと伸ばして女性に向き合う。

「奥さま、どうぞお引き取りください。さもないと、警備員が外にお連れすることになりますよ」

妻の下唇がガクガク震えて、目がぴくぴく引きつっている。「だれに口をきいてるかわかってるの？　アブドゥル！」

アブドゥルのほうを見たら、うつむいたまま目を合わせようともしない。ムフタールよりも若く、背も高いはずなのに、頭が首から落ちてしまいそうなくらい下を向いているためよくわからない。アブドゥルは兄嫁をなだめようとして腕をさすったが、手を払いのけられてしまった。はっきり言ってわたしでも同じことをするだろう。高そうなスーツだけど体形に合っていない。肩幅も胸囲も大きすぎる。ほかにもち主がいるように見える——腕をさすった女性がほかの人のものであるのと同じだ。

もう一度この女性を見てみる。昔はきれいだったのだろう。おそらくムフタールに見初《みそ》められたときには。

「不躾《ぶしつけ》かもしれませんが、患者さんの健康が第一ですので、支障をきたすようなことは許されません」

「いったいなにさまのつもり!?　うちの人からお金をもらえるとでも思ってるの？　ねえ《アビ》、それとも、もうもらってるの？　ムフタール、そんなにえらそうにしているくせに、看護師なんかを追いかけまわしてるのね。なんてざま！　せめてもっとマシなのを見つけたらいいのに！」

「出ていけ！」ムフタールが厳しい口調で命じたので、全員がぎくりと跳びあがった。これまで聞いたことのないような威厳に満ちた口調だった。アブドゥルは顔をあげて、またすぐにさげる。妻はわたしたちをにらみつけ、くるりと背中を向けて立ち去り、アブドゥルも力なくついていった。わたしは椅子を引き寄せてムフタールのそばに座る。ムフタールは重いまぶたをしている。わたしの手を軽くたたいた。「ありがとう」

「ですが、出ていかせたのはあなたですよ」

　ムフタールはため息をつく。

「ミリアムの父親がカノ州（ナイジェリア北西部の州）の知事選に立候補するそうなんですよ」

「つまり、奥さまは結婚を認めてほしいということですね」

「そのとおり」

「どうされるのですか?」

「どう思います?」わたしはタデのことを考える。手に指輪をもち、わたしを見て、祝福を待っている。

「お二人は愛し合っているのでしょうか」

「だれが?」

「ミリアムさんと……息子さんです」

「愛ねぇ。なんとも斬新な発想だ」ムフタールは目を閉じる。

夜

　タデはわたしをじっと見ている。でもその目はうつろだ。顔は腫れあがって歪んでいる。手を伸ばしてわたしに触れようとする。氷のように冷たい手。

「きみがやったんだね」

破壊

わたしはタデの診察室にするすると忍び込み、指輪の箱を取り出そうとして机の引き出しをひっくり返す。タデは患者を放射線室に連れていったので、わたしはひとりになれると知っていた。指輪は記憶にあるとおり、うっとりするほど美しい。指にはめてみたい誘惑に駆られる。ぐっとこらえて、指輪をしっかりつかんで床にひざまずき、ダイヤをタイルに打ちつけた。もてる力を振り絞ってもう一度打ちつける。たぶんダイヤモンドが永遠というのは真実なのだろう。どんなに必死になって壊そうとしてもビクともしない。でも残りの部分はそこまで強い意思をもっていないようで、まもなく床に砕け散った。まわりの台がないとダイヤは小さく見えるし、そこまで華々しい感じもしない。

指輪を壊しただけだと、タデに疑われてしまうのではないか。ふとそんなふうに思う。ダイヤをポケットに滑り込ませる。考えてみれば、自尊心のある泥棒ならぜったいにここに残していかないはずだ。それに、タデがさっさと指輪の台を買い直したら、とんでもない時間の無駄になる。薬品庫のほうへと歩いていく。

二十分後、タデがすさまじい勢いで受付に飛んできた。わたしは固唾《かたず》を飲む。タデはこちらをちらっと見て、すぐに視線を逸らし、インカとブンミに呼びかける。

「診察室がめちゃくちゃに荒らされていて、あれが……所持品がいくつか破壊されている」

「なんですって!?」わたしたちは声を揃えて叫ぶ。

「ホントなの?」とインカが続けたが、タデのしわの寄った額を見れば、ようすがおかしいのは明らかだ。

わたしたちはタデについて診察室へと急ぐ。ドアが勢いよく開く。わたしは第三者の目から観察してみる。まるでだれかがなにかを探していて、突然、理性を失ったようだ。引き出しはぜんぶ開いていて、中身はほとんど床にばらまかれている。薬品庫は半開きのまま、薬瓶は乱れに乱れ、カルテは机の上に散らばっている。ここを立ち去るときには壊れた指輪の台が床に転がっていたのに、いまはどこにあるのかすらわからない。

「ひどい」とわたしはつぶやく。

「だれがこんなことするっていうの?」とブンミは言って顔を歪める。

インカは唇をすぼめて手をたたく。「さっきモハメドがなかに入って掃除してたよ」とインカは情報を明かす。

わたしはむずむずする手で太ももをさする。

「モハメドはそんなこと――」とタデは言いかける。

「診察室を出たとき、いつもどおりだったよね?」インカが口を挟む。

「そうだな」

「それで、患者さんを連れてレントゲンと心電図をとりにいったでしょ。どれくらい部屋を空けてた?」

「四十分くらいかな」

「ほらね、やっぱり。ちょうどその時間にモハメドが入っていくのを見たよ。床を掃いて、ゴミ箱を空にするのに二十分かかるとしたら、ほかの人が忍び込んで、こんなことやって立ち去る時間なんてないよね」とインカは断定する。素人探偵さながらだ。

「なんでモハメドがやったと思うの?」とわたし。動機がわからなければ死刑台には送れないでしょ。

「そんなの決まってる、ドラッグだよ」インカは腕を組み、自分の謎解きにご満悦のようだ。モハメドに指を突きつけるのはたやすい。貧しく、無学だから。清掃員だから。

「ぜったいにちがう」とブンミは遮るように言って反論する。「そんなの信じられない」ブンミはインカを凝視していて、ついでにインカの横にいるわたしのことも見ている。それともなにか疑っているのだろうか。

「モハメドはあんたたち二人よりも長いあいだここで働いてるけど、これまでいっさい問題はなかったんだよ。こんなことするはずない」ブンミがこれほどむきになっているのをはじめて見た。これほど長く話すのも。わたしたちはブンミをまじまじと見つめる。

「薬物ジャンキーってずっと依存を隠しておけるからね」しばらくしてインカが食いさがる。「たぶん禁断症状かなんかに苦しんでたんじゃないの。ああいうやつらって、ヤクが欲しかったら……とにかく、どれくらいの期間、盗みをはたらいていて、ばれてなかっただけなのか、わかんないよ」

　インカは結論に満足しているらしい。タデは物思いにふけっている。ブンミはその場を離れていった。わたしがしたことはまちがっていない……そうだよね？タデのためにとことん考える時間を稼いであげたのだから。一緒に片付けるよ、と申し出たいのはやまやまだけれど、ひとまず距離を置いたほうがいいに決まっている。

　モハメドは自分にかけられた疑いを激しく否定した。にもかかわらず解雇されてしまった。タデはこの決定に納得していないようだが、証拠がある、というより、証拠が不十分なことがモハメドに不利になった。気がかりなことがある。タデは指輪が破壊されたことを黙っているのだ。それどころか、わたしになにひとつ訊いてもこない。

「ねえ」数日後、タデの診察室の戸口に立って声をかけてみる。

「どうした？」振り向きもしないままカルテに書き込んでいる。

「ええと……だいじょうぶかな、と思って」

「ああ、なんの問題もないよ」

「ほかの人の前で言いたくなかったんだけど……指輪

が盗まれてなければいいなって……」

タデは書き物をやめてペンを置く。ようやくわたしのほうを見る。「コレデ、ほんとのこと言うと、盗まれてたんだ」

ショックを受けたふりをして慰めの言葉をかけようとしたら、タデが言葉を継いだ。

「でもどうもしっくりこないのは、薬品庫のジアゼパムの瓶二本は手つかずだった。薬はそこらじゅうにあったのに、実際に盗《と》られたのは指輪だけ。薬物依存にしてはおかしな行動だよね」

タデはわたしの目をじっと見ている。わたしはまばたきもせず、視線を逸らしもしない。目が乾いているのを感じる。「すごくへんね」となんとか答える。

もうしばらく互いを見合っていたら、タデがため息をついて顔をこすった。「さてと」とひとり言のように言う。「さて。ほかにもなにか？」

「ううん、なにも。それだけ」


その夜、わたしはダイヤを連絡橋から放り投げてラグーンに沈めた。

電話

いやなことを忘れるにはテレビ番組を片っ端から見るのがいちばんだと気づいた。何時間もあっという間に過ぎていく。わたしはベッドに寝転がり、落花生をほおばって、ノートパソコンの画面を見ている。体を乗り出してフェミのブログのアドレスをタイプする。どうしたことか、ページが見つかりません、とエラーが表示される。ブログは削除されたみたいだ。フェミはオンラインの世界から姿を消してしまった。ということは、わたしの前からも姿を消してしまった。生きているときはもちろん、命が尽きてからも、手の届かない存在になってしまった。

携帯が震える。無視しようかと思ったけれど、手を伸ばして引き寄せる。

アヨオラだ。

一瞬、心臓が止まったかと思った。

「もしもし」

「コレデ」

#2 ピーター

「コレデ、死んじゃった」

「ええっ？」

「彼が……」

「どういうこと？　なに言ってるの？　彼って……なに……なにを」

アヨオラはわっと泣き出す。

「お願い。お願いだから。助けて」

手術室

タデの家に入るのははじめてだ。この瞬間をあれこれ想像してはいたけれど、まさかこんなことになるなんて。ドアをバンバンたたき、さらにまた激しくたたく。すぐにドアが開くのであれば、だれが聞いていようと見ていようとかまわない。

ドアがカチャッと開いて、わたしはうしろにさがる。タデが目の前に現れる。エアコンの風が勢いよく吹きつけているのに、顔と首から汗が流れている。わたしはタデを押しのけて、あたりをぐるりと見まわす。リビング、キッチン、階段。どこにもアヨオラの姿はない。

「あの子はどこ？」

「二階」タデは力のない声を出す。階段を駆けあがり、大声で呼びかける。返事はない。まさか死んでいるはずない。そんなことあるわけない。あの子がいない人生なんて……。もし死んでしまったら、わたしのせいだ。わたしが余計なことを言ったからだ。でもタデを救うにはああするしかなかった。わたしはあの子を犠牲にしてしまった。

「左を見て」すぐうしろでタデが言った。ドアを開ける。手が震えている。ここはベッドルームだ。キングサイズのベッドが部屋の三分の一を占めている。ベッドの向こう側で低いうめき声が聞こえる。

ほんのつかのま、怖くて動けなかった。アヨオラはフェミと同じように床にぐったり倒れ、脇腹を手で押さえている。指のあいだから血が滲み出ているのが見えるが、ナイフ――例のナイフ――は刺さったままだ。わたしを見てうっすら微笑む。

「皮肉だよね」アヨオラはかすれ声で言う。わたしはそばに駆け寄る。

「彼女……彼女がぼくを殺そうとしたんだ」

わたしはタデに目もくれず、救急セットからハサミを取り出し、着ているシャツの裾半分を切る。包帯ではどうにもならないのだ。救急車をすぐに呼びたかったのだが、アヨオラのもとに行く前に、タデがだれかに話してしまうのは避けたかった。

「ナイフ、抜かなかったよ」

「えらかったね」

ジャケットを枕代わりにして横に寝かせる。アヨオラはまたうめいている。心臓をわしづかみにされたような気持ちになる。救急セットから医療用手袋を出して、さっとはめる。

「傷つけるつもりなんてなかったんだ」

「アヨオラ、なにがあったのか話して」ほんとうは知りたくないけど、話を続けさせたほうがいい。

「タデ……タデに……ぶたれて――」アヨオラはそう

言いかけ、わたしはワンピースを切り開く。

「ぶってなんかいない！」とタデは大声をあげる。アヨオラの言い分に反論できた男性ははじめてだ。

「……それで、止めようとしたら刺されたの」

「ナイフで襲いかかってきたのはあっちだ！　いきなり！　なんなんだよ！」

「黙って！　ここで血を流して横たわってるのはあなたじゃないでしょ」

ナイフが刺さったままの傷口をしばる。抜いてしまったら動脈や臓器を傷つける危険があるからだ。携帯をつかみ、病院の受付に電話をかける。そしたらチチが出た。今週の夜勤がインカではなくて良かった。心のなかで感謝する。妹が刺されてしまって、これから一緒に病院に向かうから、とチチに事情を説明する。そして、アキベ先生を呼んでくれるよう頼んだ。

「ぼくが抱えるよ」アヨオラには指一本触れてほしくないけれど、タデはわたしよりも力がある。

「わかった」

タデはアヨオラを抱いて階段を下り、車寄せに出る。アヨオラは頭をタデの胸にもたせかけ、ともすると二人はまだ恋人同士のように見える。この子にはことの重大さがまだ理解できていないのかもしれない。

わたしは後部ドアを開け、タデは座席にアヨオラを寝かせる。運転席に飛び乗る。車で追いかけるよ、と言われ、断る理由がないのでうなずく。午前四時。交通量はまばらだし、警察もいない。このチャンスを逃さずに、一方通行の道を時速百三十キロで飛ばす。二十分で病院に到着した。

チチと救急外傷担当が入り口で出迎えてくれる。

「なにがあったの？」とチチはたずね、二人の勤務員が妹をストレッチャーに移した。アヨオラにはもう意識がない。

「いったいどうしたの？」チチはしつこく訊いてくる。

「刺されたの」

「だれに？」

わたしたちが廊下を半分ほど進んだら、アキベ先生が姿を見せた。アヨオラの脈をとり、看護師たちに大声で指示を出す。妹が運ばれていくと、先生はわたしを脇の部屋に招き入れてくれた。

「一緒に入れないでしょうか？」

「コレデ、外で待っていなさい」

「ですが――」

「規則を知っているはずだよ。さしあたり、やれることはやったんだから。わたしを呼んだのはきみだろ。ここは任せてくれないかね」

アキベ先生は急いで部屋を出て、手術室に入る。廊下に歩いていくと、ちょうどタデが息を切らして駆けあがってきた。

「いま、手術室？」

わたしはなにも答えない。タデは手を伸ばしてわたしに触れようとする。「やめて」と言うと、その手を下ろした。

「そんなつもりなかったってこと、わかってくれてるよね。揉み合っていたら、その、偶然……」耳を貸さず、ウォーターサーバーのほうに向かう。タデはうしろからついてきた。「きみが言ったんだよ、あの子は危険だって」わたしは黙ったままでいる。これ以上言うことはなにもない。「なにがあったか、だれかに話した？」タデが小声でたずねる。

「えっ？」

「話してない」そう答えて水を注ぐ。手もとがしっかりしていて自分でも驚く。「そっちも話すつもりないよね」

「このことをちょっとでも漏らしたりしたら、あなたが妹を襲ったって言うから。みんなどっちを信じると思う？　あなたか、アヨオラか」

「ぼくは悪くないって知ってるだろ。自分の身を守ろうとしただけだって」

「部屋に入ったら妹が脇腹を刺されていた。わたしが知っているのはそれだけ」

「ぼくを殺そうとしたんだぞ！　まさかそんな……」

タデはわたしを見て目をしばたたく。まるではじめてわたしと顔を合わせたみたいに。「きみはもっとたちが悪い」

「なんですって？」

「アヨオラはたしかにおかしい……でもきみはなんだ？　どう説明するんだよ？」タデは嫌悪感をあらわに去っていった。

わたしは手術室の外の廊下に座って、ひたすら知らせを待つ。

傷

アキベ先生が手術室から出てきて笑顔を見せる。わたしはふうっと息を吐く。

「顔を見れますか？」

「眠っているよ。これから上の病室に連れていくところだ。移動が終わったら会いにいくといい」

アヨオラは三一五号室に入った。ムフタールの病室の二部屋となりだ。ムフタールは妹に会ったことはない。でもわたしが思っていたよりずっとあの子のことを知っている。

アヨオラはあどけなく、はかなげに見える。胸がゆっくりと上下している。だれかがドレッドヘアを丁寧に横にまとめてくれている。

「だれがこんなことしたの？」とインカが訊く。動揺しているようだ。

「無事でほっとしてる」

「どこのどいつか知らないけど、犯人はぜったいに死刑よ！」インカは顔をひきつらせ、怒りと蔑《さげす》みが混じったような表情をする。「あんたがいなければ、助かってなかったかも！」

「うん……そうね……」

「アヨオラ」ママが駆け込んできた。心配で心配でたまらないようすだ。「ああ、かわいい子！」ベッドに身を乗り出し、呼吸を確かめようと意識のない娘の口に頬をつける——アヨオラが赤ん坊だったころ、どうかすると同じことをしていた。ママは体を起こして泣き出した。よろめいて倒れかかってきたので、わたしは両腕で抱きとめる。インカは席を外す。

「コレデ、なにがあったの？　いったいだれがこんなことを？」

「アヨオラから電話があって。連れて帰ろうと思って慌てて駆けつけたの。そしたらナイフが刺さってた」

「どこに迎えにいったの？」

アヨオラがうめき声をあげたので、わたしたちは振り返って顔を見た。まだ眠っていて、すぐにまた息を吸って吐くことに集中しはじめる。

「目を覚ましたら、きっとなにがあったか自分の口から話してくれるよ」

「だけど、あの子はどこにいたの？　どうして言ってくれないの？」タデはいまごろなにをして、なにを考えているのだろう。次にどう出るつもりだろう。アヨオラを起こして、どういう話にするのか、つじつまを合わせておかないと。真実以外ならなんだっていい。

「タデのところにいたの……。たぶん、タデが発見したときには、ああいう状態だったんじゃないかな」

「タデ、ですって？　強盗に入られたってこと？　まさか……まさかタデがやったなんてことある？」

「わからない」急にぐったりと疲れを感じる。「アヨオラの目が覚めたら訊くことにしよう」ママは額にしわを寄せるがなにも言わない。いまできるのは待つことだけだ。

優柔不断

病室はこぎれいだ。この三十分ほど、わたしがせっせと片付けをしていたのだ。家からもってきたテディベアは黄色、茶色、黒に色分けしてベッドの脚のところに並べてある。アヨオラの携帯はフルに充電できているので、充電器のコードを巻きつけてバッグにしまう。ついでにバッグのなかも勝手に整理しておいた。バッグは乱雑で汚い。使用済みのティッシュ、レシート、クッキーのくず、ドバイからもち帰った紙幣、一度なめてからまた包んだキャンディー。訊かれたときのために、ペンを取って捨てたものを書き留めておく。

「コレデ？」

手を止めてアヨオラを見る。大きく光る瞳がわたしを見つめている。

「ああ……目が覚めたんだね。気分はどう？」

「サイアク」

立ちあがって水を取ってくる。口までもっていってあげると、アヨオラはごくごく飲んだ。

「ましになった？」

「ちょっとね……ママはどこ？」

「シャワーを浴びにいったん家に帰った。もう戻るころだよ」

アヨオラはうなずき、目を閉じる。一分とたたずにまた眠りに落ちた。

次に目を覚ましたとき、アヨオラはもっと冴えているようだった。あたりを見て状況を理解しようとしている。これまで病室に入ったことはなかったはずだ。病気といえば普通の風邪くらいしかかかったことがなく、近しい人はみな病院に入る前に亡くなっていた。

「すごく退屈……」

「壁にグラフィティでも描いてもらいたい？　すごいやつ」

「ううん、グラフィティじゃなくて……芸術作品がいいかな」わたしが笑うとアヨオラもつられて笑う。ノックが聞こえて、返事をする前にドアが開く。

警察が来た。フェミのことを訊いてきたのとはべつの二人組。しかもひとりは女性。アヨオラのほうにまっすぐ向かっていこうとするところをわたしが遮る。

「あの、なにかご用ですか？」

「そこの方が刺されたとうかがっています」

「それで？」

「いくつかお訊きして、犯人を突き止めるつもりです」二人を追い出そうとしたら、女性の警官があたりをきょろきょろ見て答えた。

「タデです」アヨオラはだしぬけに言った。ただそれだけ。タデです、と。黙り込むこともためらうこともなく。天気をたずねられていてもこんなに落ち着いていないだろう。足もとで床がぐらぐらしている感じがして、わたしは椅子をつかんで腰をおろす。

「それで、そのタデという人はだれですか？」

「ここの医者ですよ」ママがどこからともなく現れて横からそう言った。不思議そうにわたしを見る。なぜ嘔吐しそうな顔をしているのか読み取ろうとしているのかもしれない。アヲオラが最初に目を覚ましたとき、すぐにでも話をつけておけばよかった。

「なにがあったか言ってもらえますか？」

「プロポーズされて、そんな気はないって答えたら、カッとなったんです。それで襲いかかってきました」

「どうやってお姉さんに来てもらえたのですか」

「タデが部屋を出ていったので、姉に電話をしました」警官はわたしをちらっと見たがなにも訊いてこない。きちんと筋道を立てて話せそうもないので安心する。

「ありがとうございます、また来ますので」

警官二人は走って出ていった。明らかにタデの所在を突き止めるためだ。

「アヲオラ、どういうつもりなの？」

「どういうつもり、ってどういうことなの？　あの男が妹を刺したっていうのに！」

アヲオラは母と同じくらい憤慨して、一心にうなずく。

「アヲオラ、ねえ、よく聞いて。彼の人生を狂わせてしまうよ」

「あいつか、わたしかだよ、コレデ」

「アヲオラ……」

「ずっとどっちつかずなんて、だめ」

テレビ画面

次に見かけたとき、ムフタールの妻は廊下の壁にもたれかかっていた。肩を震わせているが、唇から声は漏れてこない。声を殺して泣くなんてすごくつらいのに。だれも教えてくれなかったのだろうか。

人の気配を感じたようだ。肩の震えを止めて顔をあげる。目を細めて冷笑するように口を歪めるが、唇に垂れた鼻水を拭おうともしない。わたしは数歩うしろにさがる。悲しみは伝染しやすい。ただでさえ、わたしは自分の問題で頭がいっぱいなのだ。

妻はドレスをもちあげて、レースをひらひらさせ、ジミー・チュウのローの香りを漂わせながら、わたしを押しのける。骨ばった肩の尖った部分をわざわざぶつけてくる。そういえば、義理の弟はどうしたのだろう。なぜそばにいないのだろう。香水の強い香りと憂《うれ》いを吸い込まないようにして、三一三号室に足を急がせる。

ムフタールはベッドに座って、リモコンをテレビに向けている。わたしに気づくとリモコンを置いて、温かい笑顔を振りまく。ただ、目は疲れている。

「ここに来る途中で奥さまをお見かけしましたよ」

「そう?」

「泣いていました」

「そうか」

もっとなにか話してくれるのを待っていたけれど、ムフタールはリモコンを取って、チャンネルをかちゃかちゃ変えはじめる。わたしが言ったことに驚いてもいないし、困惑してもいないようだ。特に関心がないようにも見える。通勤の途中でヤモリを見かけたと言ったほうがよかったかもしれない。

「そもそも愛していらしたのですか？」

「昔々にね……」

「おそらく奥さまはまだ愛していらっしゃるのでは」

「わたしのことで泣いているのではないです」ムフタールはこわばった声で話す。「青春が失われ、さまざまな機会を逃し、選択が限られていることを嘆いているのですよ。わたしのために涙を流しているのではない。自分のためです」

ムフタールはチャンネルをNTA（ナイジェリア国営放送局）に決める。まるで九〇年代のテレビを見ているようだ。レポーターは緑がかった灰色をしていて、映像がちらついたり、飛んだりしている。二人で画面に見入る。ダンフォ（個人営業の小型バス）がさっと通り過ぎ、通行人が首を伸ばして、撮影現場をひと目見ようとしている。音を消しているので、なにが起こっているのか見当がつかない。

「妹さんのこと聞きましたよ」

「噂が広まるのは早いですね」

「お気の毒に」

わたしはにっこり微笑みかける。「時間の問題だったでしょうね」

「まただれかを刺そうとしたのですね」

わたしは口をつぐんだままでいる。とはいえ、ムフタールの言ったことは質問ではなかった。テレビでは女性レポーターが街頭でインタビューをしている。インタビューに答える男性はレポーターとカメラを交互にせわしなく見て、だれに対して主張をおこなうべきか迷っているみたいだ。

「きっとできますよ」

「なにをでしょう？」

「自由になること。真実を語ることですよ」

ムフタールの視線を感じる。テレビの映りがぼやけ出す。わたしはまばたきをする。さらにまばたきをして、ごくりと唾を飲む。なんの言葉も出てこない。真実、か。あれほど気をつけていたのに、自分の言ったことが原因で妹が傷を負った。真実とはそういうこと。そしてわたしはすごく悔やんでいる。

ムフタールはわたしの戸惑いを察知して話題を変える。「明日、退院なんですよ」

振り返って視線を合わせる。ムフタールはここに永遠にいるわけではなかった。椅子でもベッドでも聴診器でもない。患者なのだ。患者はみないずれここを出ていく。生きていても亡くなっても。当たり前のことなのに、驚きにも恐怖にも似た感情が湧き起こる。

「そうなんですね」

「疎遠にならなければいいのですが」とムフタールは言う。

おかしなものだ。ムフタールに触れたことがあるのは、眠っているときか生死の狭間《はざま》にあるとき、体を動かす必要のあるときだけだった。なのにいまは自分で頭を動かしてテレビのほうを向いている。

「携帯の番号をいただけたら、こちらからワッツアップで連絡しますよ」

言うべき言葉が見つからない。ムフタールはこの壁の外に存在しているのだろうか。実際、どういう人なのだろう。ムフタールはだれにも言えないわたしの秘密を知っている。アヨオラの秘密も。わかっているのはそれだけ。そしてその秘密を守ってくれている。不思議なほどヨーロッパ人のような鼻、高く尖った鼻をしている。ところで、ムフタールに秘密はあるのだろうか。それどころか、どんな楽しみがあるのか、どんな困難があるのかということすら知らない。ストレッチャーで病院に運び込まれる前にはどこで眠っていたのだろう。

「でなければ、こちらの番号をおわたししますので、いつでも必要なときに電話してください」

わたしはうなずく。ムフタールがうなずいたところを見ていたか確信がもてない。目はずっとテレビ画面に注がれている。そろそろ失礼するとしよう。ドアの前に立って振り向く。「奥さまはまだ愛していらっしゃると思いますよ」

ムフタールはため息を漏らす。「一度口にした言葉を取り消すことはできませんからね」

「どういう言葉ですか？」

「離婚だ、離婚だ、離婚だ」（イスラームにおいて、アラビア語のタラーク〔離婚〕を夫が三度唱えると即時離婚が成立する規定がとられていることがある）

妹

アヨオラはベッドに横たわり、体をねじってスナップチャットで傷を見せている。終わるのを待っていたら、ほどなく縫った傷口の上にシャツを下ろし、片側に携帯を置き、にんまりした。いまこのときもなんの罪もないように見える。コットンの短パンと白のキャミソールを着ていて、ベッドでテディベアにしがみついている。

「なにがあったか話してくれない？」

ベッド脇のテーブルには、キャンディーの箱がある。お見舞いの品だ。アヨオラはロリポップを引き抜いて包みをはがし、口に入れて考え込むようになめている。

「タデとわたしのこと？」

「そう」

さらにロリポップをしゃぶる。

「お姉ちゃんが指輪を壊したって。それに、お姉ちゃんがわたしのことをあれこれ非難していて、元彼の行方不明の事件にもかかわっているかも、って言ってた……」

「なんて……なんて……答えたの？」

「バカじゃないのって言ってやった。でも、タデが言うには、お姉ちゃんはわたしにめちゃくちゃ嫉妬していて、それでなんだったかな……ええと……内に秘めた怒りがあって……もし」——とここでもったいぶってひと呼吸おいてから続ける——「もしお姉ちゃんが、二人で家を出たあとに、また戻っていって、フェミと話していたらって……」

「わたしがフェミを殺したって思ってるの？」この件ではアヨオラが悪いわけではないのに思わず腕につかみかかる。どうしたらわたしにそんなことができると思えたのだろう。

「ね、おかしいでしょ？　わたし、フェミのこと話してもなかったんだよ。ボイェのことだけ。たぶんインスタで見たんだね。とにかく、お姉ちゃんのこと通報してやる、とか言ってたんだよ……それでやるべきことをやったってわけ」アヨオラは肩をすくめる。「まあ少なくとも、試みたってことね」

テディベアを引き寄せて頭をうずめ、黙り込む。

「それから？」

「それでわたしが床に倒れたら、ああっ、そんなバカな、コレデは正しかったんだ、みたいな。なにを言ったの、ねえ、コ、レ、デ？」

アヨオラはわたしのためにこんなことをして傷を負うはめになった。それもこれもわたしが裏切ったから。めまいを覚える。実の妹の命よりも男の命を選んだなんて認めたくない。妹がはっきりとわたしを優先したというのに、わたしときたら、わたしたち二人のあいだに男を入り込ませてしまった。そんなこと打ち明けたくない。「えっと……ああ、妹は危険だって」

アヨオラはため息をついてたずねる。「で、これからどうなると思う？」

「取り調べのようなものがあるだろうね」

「警察はあいつの話、信じるかな」

「わからない……あんたの証言と食いちがっているから」

「わたしたちの証言、でしょ。コレデ。わたしたちの証言と食いちがってる」

父

ヨルバ人には双子をタイウォ、ケヒンデと名づける習慣がある。タイウォは先に生まれる上の子。ケヒンデは次に生まれる下の子。ところがケヒンデは上の子でもある。タイウォに「先に行って世界がどんな場所か確かめておいて」と告げるからだ。

まさに父は双子の弟として自分の立場をそんなふうに考えていた。タイウォおばさんも納得していた。弟に言われたことはぜんぶ引き受けて、弟のすることには絶対的な信頼を寄せる。それで、おばさんは——言われたとおり、なにも疑わず——あの月曜日、父が死ぬ前にわが家にやって来て、アヨオラを放しなさいとわたしに怒鳴っていた。

「いや！」とわたしは喚き立てて、アヨオラを近くに引き寄せた。父は留守にしていたので、あとあと聞きわけのない態度をとった報《むく》いを受けるのはわかっていた。いずれにせよ、いまじゃない、しばらくあとのことだ。父が不在だったから勇気を振り絞れた。帰宅するのがわかっていたから覚悟を決められた。

「お父さんに言いつけてやる」とタイウォおばさんは脅し文句を口にした。でもまったく気にならなかった。アヨオラとわたしが二人でどうやって逃げるか、すでに頭のなかで計画を立てていたのだ。ぜったいに放さないから、と約束したのに、アヨオラは力を込めてわたしにしがみついた。

「お願い」母が部屋の隅でうめき声をあげる。「まだ幼いのよ」

「じゃあ、父親の客に色目を使わなければよかったのに」

あっけにとられて開いた口がふさがらない。父はどんな嘘をついたのだろう。それになぜアヨオラが首長の家を、しかもひとりで訪れないといけないのだろう。うっかり口に出して言ってしまったにちがいない。タイウォおばさんが答えた。「ひとりじゃないわ。わたしも一緒に行く」だから安心だとでもいうように。

「アヨオラ、これはお父さんにとって大切なことなのよ」と猫なで声で言った。「このビジネスチャンスはとっても重要なの。契約が取れたらどんな携帯電話でも買ってもらえる。すごいでしょ？」

「行きたくない」アヨオラは叫び声をあげた。

「だいじょうぶ、どこにも行かないよ」わたしは念を押した。

「アヨオラ」タイウォおばさんはなだめすかそうとする。「あなたはもう子どもじゃないのよ。すでに月のものもはじまっているでしょ。女の子はみんな浮き浮きするものよ。あの人は欲しいものはなんでもプレゼントしてくれる。どんなものでもよ」

「どんなものでも?」ぐすぐす鼻を鳴らしながらアヨオラは言った。わたしは妹をひっぱたいて正気に返らせようとした。とはいえ、ちゃんとわかっていた。妹の恐怖の半分はわたしに影響されたものだ。あの子はなにを求められているのかよく理解できていなかった。たしかに、アヨオラは十四歳だった。でもあのときの十四歳はいまの十四歳よりもずっと幼い。

これが父からわたしたちへの最後の置き土産だった。父がもうひとりの男と結んだ約束。でもわたしは父の強さを受け継いでもいた。もう思いどおりにはさせない、今回ばかりは。そう心に決めた。アヨオラの面倒を見るのはわたしだ。わたしだけだ。

わたしは台座から杖をつかんで目の前で振りまわした。「おばさん、わたしたちに近づいたら、これで殴るよ。父さんが帰ってくるまで止めないから」

おばさんはやれるものならやってみなさい、とでもいう態度だった。わたしより背が高く、体重も重い。

ところが思いがけなく、わたしの目を見て数歩あとずさりした。わたしは大胆になって杖を打ちつけた。そしたらおばさんはさらに後退した。わたしはアヨオラの手を放し、杖を振りかざしてタイウォおばさんを家から追い出した。部屋に戻るとアヨオラはガタガタ震えていた。

「わたしたち、殺されちゃう」アヨオラは泣きじゃくっていた。

「それならこっちが先にやればいい」

真実

「オトゥム医師は正当防衛だったと主張しており、あなたがその証明をしてくれるとのことです。引用しましょう。〝アヨオラは人を殺したことがあるとコレデに警告されました〟。アベベさん、妹さんは過去に殺人を犯しているのですか？」

「とんでもないです」

「では、妹さんが人を殺したと言ったのはなぜですか」取調官たちは上品な話し方をして教養がある。といってもそれほど驚くことではない。タデは一流病院の名医。アヨオラは〝良い〟家柄の美しい女性。まぎれもなく〝世間の注目を集める〟事件だ。わたしは手を重ねて膝に置く。ほんとうは机の上に置きたいのだが埃っぽくて汚い。わたしは取調官の機嫌をうかがうために、唇にかすかな笑みを浮かべる。向こうもそれに気づいているはずだ。とはいえ、この状況をおもしろがっていると誤解されない程度の笑みにとどめている。わたしの頭は澄みきっている。

「ある男性が妹と旅行中に食中毒で亡くなったのです。わたしは二人で旅行に行ったことに怒っていました。相手が既婚者だったからです。二人の行動が死につながったのだと思いました」

「元交際相手はどうなんですか？」

「タデのことですか？」

「フェミという人物です。行方がわからなくなった男性」

わたしは身を乗り出して目を輝かせる。「戻ってきたのですか？　なにか言っていましたか？」

「いえ」

眉をひそめて体を起こし、目を伏せる。できれば涙を絞り出したいけれど、これまで即興で泣けた試しがない。

「では、どうして妹が関係しているとお考えですか」

「われわれの考えでは――」

「どれほど疑っても証拠にはなりませんよね。妹の身長は一五七センチですよ。もし妹が襲いかかったというなら、いったいなにをやったというんです？」唇を固く閉じ、不審そうな目をする。さらに念のため、小さく首を振る。

「というと、妹さんは襲いかかったかもしれないと」

「そんなわけありません。妹はこの世でいちばんやさしい子ですよ。お会いになられました？」二人は居心地悪そうに姿勢を変える。すでに会っているのだ。そしてアヨオラの目をのぞき込んで、あれこれ妄想を膨らませている。だれもかれもみんな同じ。

「あの日、なにが起こったと思われますか？」

「知っているのはタデが妹を刺したこと、妹は丸腰だったということだけです」

「妹さんがナイフをもっていたということですが」

「どうしてそんなことします？　どうやって事前に襲われるとわかっていたというのです？」

「その凶器が見つかっていません。看護師のチチさんが言うには、手術中に取り除いたあと記録しておいたということです。保管場所をご存じだったかと」

「看護師は全員知っています。……それに医師もです」

「オトゥム医師とお知り合いになってどれくらいでしょう」

「長くはありません」

「凶暴なところがありましたか？」着るものを慎重に考えて、ライトグレーのスカートスーツにした。真面目な感じがするし女性らしい。警察とわたしでは社会階級が異なることをそれとなく見せつける服装でもある。

「いいえ」

「では、まるで別人のような行動だということですね」
「長いあいだ知っているわけではないと言ったばかりですが」

別　れ

ムフタールは家に戻って人生の再スタートを切った。三一三号室はがらんとしている。それでもわたしはあのいつもの定位置に腰をおろす。ムフタールがまだ生死の境目にあったときに座っていた場所だ。ベッドに横たわるムフタールを思い描く。心にぽっかり大きな穴があいたみたい。タデもここを去ってしまったが、タデに対するよりも強い喪失感を覚える。

タデは医師免許を剝奪され、傷害罪で数カ月収監されることになった。もっと重い刑になっていたかもしれないが、心やさしく、乱暴なところなど少しもなかったと多くの人が証言したのだ。だからといって、タデがアヨオラを刺したという事実には変わりがない。

そのために社会はタデへの罰を望んだ。

事件があった日からタデには会っていない。アヨオラが告訴するとすぐに停職処分を受けてしまったので、いまごろなにをどう考え、感じているのかすらわからない。でもどうでもいいという気持ちだ。アヨオラは正しかった。どちらの側につくか選ばなければいけない。そしてわたしの運命はずいぶん前に決まっていた。あの子にはいつもわたしがいて、わたしにはいつもあの子がいる。ほかの人などどうだっていい。

ムフタールは携帯の番号を教えてくれた。番号が書かれた紙片はナース服のポケットに入れた。

実はもうひとり秘密を知っていて、自由に動きまわれる人がいる。わたしたちがやったことがいつか明るみに出るかもしれない。アヨオラにそのことを言おうかどうしようか、いまもなお漠然と考えている。でもおそらく話さないだろう。

ムフタールのベッドのシーツは交換されていない。わたしにはわかる。病室はまだ彼の匂いがする。意識を取り戻してからはいつも漂わせていた、あのシャワーを浴びたばかりの匂い。少しのあいだ目を閉じて心をさまよわせる。

しばらくして、わたしは病室の電話の受話器を取り、四階の番号をまわす。

「モハメドを三一三号室に呼んでもらえるかな」

「モハメドはもういませんよ」

「ああ……そうだった、そうね。アシビを呼んで」

5

０８０９‐７４３‐５５５５

三回、番号を入力して、三回とも画面から消す。番号の書かれた紙にはもはやかつてのなめらかさはない。すでに彼の声がどんな感じだったか忘れかけている。部屋をノックする音が聞こえる。

「どうぞ」

お手伝いの少女がドアを少し開けてのぞき込む。

「お母さんに呼んできてと言われました。下にお客さまが見えています」

「だれ？」

「男性です」

それ以上は言えないだろうから、もう行っていいよ、と告げる。

ドアが閉まり、ムフタールの番号が書いてある紙をじっと見る。ナイトテーブルのキャンドルを灯《とも》して、炎の上に紙をかざす。数字がみるみるうちに黒くなり、火が指先に触れる。もうひとりのムフタールは二度と現れない。そんなことはわかっている。罪を告白する機会も、過去の……そして未来の罪から解放される機会も二度と得られない。炎のなかで縮んでいく紙片とともにすべてが消えてしまう。だってアヨオラにはわたしが必要なのだ。わたしが手を汚したくないと思う以上にアヨオラはわたしを必要としている。

けりがついたので鏡のほうに歩いていく。客を迎えるにはほど遠いかっこうだ。ブーブー（貫頭衣の丈の長いドレス）をまとって髪にはターバンをしている。でもとにかく、客がだれであろうと、このままの姿を受け入れてもらおう。

裏階段を下りていき、絵の前で足を止める。消え入りそうな女性の影にちらりと目をやる。一瞬、こちらには見えない場所から見られているような気になる。額縁がやや左に傾いている。まっすぐに直してその場をあとにする。お手伝いがバラの花瓶をもって小走りで過ぎていく。想像力のない人が頼る定番の贈り物。それでもアヨオラは喜ぶだろう。

ママ、アヨオラ、男性はリビングにいる。近づいていくと三人がいっせいにわたしを見あげる。

「姉のコレデよ」

男性は微笑む。わたしは微笑み返す。

謝辞

なにをおいてもまず神に感謝します。

クレア・アレクサンダーに。あなたがいなければ、知恵を授けてもらわなければ、わたしはいまだに部屋の隅でひたすら〝小説〟が生まれるのを待っていたかもしれません。魔法使いのようなエージェントにはずいぶん助けられました。そしてエイトケン・アレクサンダーのみなさんに。ご尽力に心からお礼を申しあげます。

アメリカの編集者、マーゴ・シックマンター、イギリスの編集者、ジェイムズ・ロックスバラに。気長に待ち、温かく見守り、理解を示してくださいました。この本とわたしを信頼して、全力を尽くせるよう励ましてくださり感謝します。おかげでずっといい作品になりました。

日々、一冊の小説の出版には膨大な作業がいることを思い知らされています。ですので、ダブルデイとアトランティックのチームのみなさんにお礼申しあげます。多くの時間と労力を費やしてくださりありがとうございます。

エメカ・アバクル、アデボラ・ラヨに。原稿を読んで、読んで、また読んでくれてありがとう。二人を友と呼べることを幸いに思います。

オバフンケ・ブレイスウェイトに。あなたにはうんざり。でもあなたがいなければ、作家になることに少し気《き》後《おく》れしていたかもしれない。

アヨバミ・アデバヨに。わたしのヨルバ語に丁寧にアクセントをつけてくれてありがとう。いつかわたしもラゴスのヤギくらい流暢《りゅうちょう》になれたら。

訳者あとがき

ミステリ作品を書こうと心に決めて書きはじめたわけではなく、書いているうちに結果として生まれたのがこの小説だった――『マイ・シスター、シリアルキラー』（*My Sister, the Serial Killer,* 2017, 2018）の著者、オインカン・ブレイスウェイトは述べている。ポップでスタイリッシュ、軽快かつ簡潔な文体で書かれた本作は、どんどんページを繰るうちにあっという間に読み終えてしまえる。それもそのはず。ブレイスウェイトはべつの長篇作品に取り組んでいるときに行き詰まりを感じて、息抜きのために、楽しみのために、自分がおもしろく読める物語を書こうと思ったのだそうだ。

そんなふうに軽い気持ちで着手した作品が思いもよらない成功をもたらす。本書はブレイスウェイトの事実上のデビュー作ながら、刊行前から出版界で注目を集め、たちまちベストセラーとなる。二〇一九年、ロサンゼルス・タイムズ文学賞（ミステリ部門）およびアンソニー賞最優秀新人賞、アマゾン・パブリッシング・リーダーズ賞（新人部門）を受賞、同年、ブッカー賞の候補、女性小説賞（旧オレンジ賞・ベイリー賞）の最終候補に残り、二〇二〇年、全英図書賞（犯罪・スリラー部門）

の受賞という快挙も成し遂げた。

たしかに本書は秀逸なミステリ・娯楽作品である。ひときわ目を引くタイトルも作品の中身をうまく言い表している。と同時に、このタイトルはすばらしくミスリーディングでもあり、読み進めるうちに、タイトルから予想される以上のテーマが展開されていることに気がつく。姉妹の絆と葛藤、機能不全家族が抱える闇と傷、暴力の記憶と連鎖、ジェンダー・ポリティクス。だからこそ、ジャンル不明な小説とも評され、さまざまな賞の候補に名をつらねたのだろう。

どういうわけか恋人を次から次へと殺《あや》めてしまう、美しくミステリアスで、飄々としている妹のアヨオラ。アヨオラの連続殺人についてはブラック・ウィドウ・スパイダー（日本語の定訳はクロ〝ゴケ〟グモと女性差別的）の雌が交尾のあとに雄を食べてしまうという話から着想を得たとのこと。そしてそんな妹が起こす面倒にうんざりしながらも殺人の後始末を引き受けてしまう、地味で真面目で、孤独を抱える姉のコレデ。外見も性格も正反対の姉妹による、それぞれに不可解な行為の理由や動機ははっきりと語られないままではある。とはいえ容易に想像はつく。過去の精神的、身体的な暴力が現在へと侵食してきて姉妹の生に影を落とし、強固で奇妙な愛情と依存関係をかたちづくっているのだ。

そういう意味で、殺人そのものというよりも、トラウマが新たな暴力を引き起こしていることが、この作品のもっとも不気味なところかもしれない。父の〝形見〟のナイフで男たちを亡き者にして平然としていられるアヨオラの異常さは言わずもがな、語り手のコレデが罪の意識と不安に苛まれながらも、冷徹な視点と強い意思を貫き、潔癖症で完璧主義の性分からすべての〝仕事〟をきっちりやり遂げ、妹の保護に執着する姿にもぞっとするような感覚を覚えてしまう。

しかし不気味な世界には独特のユーモアが織り交ぜられている。まさにダーク・コメディという形容がふさわしい小説と言えるが、実のところ著者自身はそうした作風を意識していたのではないという。暗く、重い話を書き進めようとしていたところ――気晴らしのはずなのに、なぜ、と思ってしまうが――、意図せずおかしみがあふれ出てしまった。ブレイスウェイトはそれを〝ナイジェリア的〟だと考える。ナイジェリアでは、どんなに重苦しく陰鬱な話題であっても、ユーモアを交えて語られる向きがあるからだ。

もうひとつ興味深いのは、コレデとアヨオラの姉妹が、なにがあろうと気持ちを切り替え、前を向いて生きていることである。著者によれば、たくましく自立した女性を描きたかったということであるが、こうしたあっさりと、からりとしたところもまた作品に軽やかさとユーモアを添えている。

オインカン・ブレイスウェイトは一九八八年、ナイジェリア最大の都市ラゴスで生まれ、幼少期に家族でロンドンに移住したのち、何度かラゴスとロンドンを往来している。イングランドでは法律と創作、二つの学位を取得し、二〇一二年にラゴスに戻って、カチフォ出版で編集の仕事にたずさわるようになった。短篇小説をいくつか発表して高い評価を得たほか、パフォーマンス詩人としても活躍してきた。

そんなブレイスウェイトにとって、ラゴスは創作のインスピレーションの源となっている。なるほど、『マイ・シスター、シリアルキラー』はナイジェリアという国、ラゴスという街が舞台であるからこそ成立する物語だと言える。さまざまな出自や階層の人びとが行き交い、複数の宗教と言語（作中では英語のほか、ピジン英語、ヨルバ語、ハウサ語）が共存する、活気に満ちたラゴスのスナップショットがそこかしこで提示され、とりわけ、ラゴス島と本土をつなぐサード・メインランド・ブリッジ（第三本土連絡橋）が都市と犯罪の象徴として描かれているのが強く印象に残る。

ただし、ブレイスウェイトは身の回りのよく知っている世界だけを描いているため、当然ながらナイジェリアやラゴスを代表するなにかを表現しているとは決して言えない。物語の中心を占めているのはドバイに気軽に旅して、ハイブランドを身に着け、ソーシャル・メディアを駆使するアッパー・ミドルクラスの生活である。とりわけ国際的な文学シーンにおいて、アフリカの、ナイジェリアの作家として、大陸や国家の歴史と政治を語ってくれるだろうという期待が寄せられ、語らなければならないという重圧があるなか、彼女は清々しいまでに自分の経験と興味を扱うことに徹底している。だが考えてみれば当たり前のことだ。作家は書きたいことを書くのであり、どんな物語があってもいい。ブレイスウェイト自身が強調するように、アフリカでももちろん、ミステリ、ファンタジー、SF、ロマンスなど、さまざまなジャンルの物語が渇望されており、色とりどりの作品が続々と生み出されて、多くの読者を得ている。

本作は舞台としてラゴスを前提としながらも、テーマとしては舞台を選ばないものである。そして、一般的に知られているアフリカの文学作品とは趣《おもむき》を異にしている。大陸からの新たな波を感じさせるデビュー作が大きな話題を呼び、無名の新人が一気に脚光を浴びたのだから、次のステップに関心が集まるのは自然な流れだろう。ブレイスウェイトは二〇二〇年七月にアマゾン限定のハッシュ・コレクションから短篇小説 "Treasure" を発表しており、二〇二一年には中篇作品 *The Baby is Mine* の刊行を予定している。ますます豊かになる〝アフリカ発〟の文学を担っていく新星として、今後のさらなる活躍が期待される。

最後に、度重なる質問にお答えくださったラゴスのオインカン・ブレイスウェイトさん、本書の刊行にあたってご尽力くださった早川書房の永野渓子さんに、心から感謝を申しあげます。

二〇二〇年十二月

HAYAKAWA POCKET MYSTERY BOOKS No. 1963

粟《あ》飯《い》原《はら》文《あや》子《こ》

法政大学准教授
訳書
『ぼくらが漁師だったころ』チゴズィエ・オビオマ（早川書房刊）
『褐色の世界史』ヴィジャイ・プラシャド
『ゲリラと森を行く』アルンダティ・ロイ
『崩れゆく絆』チヌア・アチェベ
他多数

この本の型は，縦18.4センチ，横10.6センチのポケット・ブック判です.

〔マイ・シスター、シリアルキラー〕

2021年1月10日印刷　　2021年1月15日発行

著　者　オインカン・ブレイスウェイト
訳　者　粟飯原文子
発行者　早川浩
印刷所　星野精版印刷株式会社
表紙印刷　株式会社文化カラー印刷
製本所　株式会社川島製本所

発行所　株式会社　早川書房
東京都千代田区神田多町2－2
電話　03-3252-3111
振替　00160-3-47799
https://www.hayakawa-online.co.jp

（乱丁・落丁本は小社制作部宛お送り下さい
送料小社負担にてお取りかえいたします）

ISBN978-4-15-001963-1 C0297
Printed and bound in Japan

ハヤカワ・ミステリ〈話題作〉

1953
探偵コナン・ドイル
ブラッドリー・ハーパー
府川由美恵訳

十九世紀英国。名探偵シャーロック・ホームズの生みの親ドイルがホームズのモデルのベル博士と連続殺人鬼切り裂きジャックを追う

1954
最悪の館
ローリー・レーダー＝デイ
岩瀬徳子訳

〈アンソニー賞受賞〉不眠症のイーデンは星空の景勝地を訪れることに。そしてその夜殺人が……誰一人信じられないフーダニット

1955
果てしなき輝きの果てに
リズ・ムーア
竹内要江訳

薬物蔓延と若い女性の連続殺人事件に揺れる街で、パトロール警官ミカエラは失踪した妹が次の被害者になるのではと捜査に乗り出す

1956
念入りに殺された男
エルザ・マルポ
加藤かおり訳

ゴンクール賞作家を殺してしまった女は、出版業界に潜り込み、作家の死を隠ぺいするため奔走するが……一気読み必至のノワール。

1957
特捜部Q
―アサドの祈り―
ユッシ・エーズラ・オールスン
吉田奈保子訳

難民とおぼしき老女の遺体の写真を見たアサドは慟哭し、自身の凄惨な過去をQの面々に打ち明ける――人気シリーズ激動の第八弾！